その10文字を、
僕は忘れ
い
SKETCH BOOK
JN210767
持崎湯葉
yuba mochizaki
illustration はねこと

Characters
島《しま》崎《ざき》蒼《あお》
「……サボるか」
宮《みや》崎《ざき》菫《すみれ》
「春は好きですか？」
高《たか》千《ち》穂《ほ》弥生《やよい》
「ね。彼女でもできた？」
SKETCH BOOK

I will never forget
your 10 letters...
「相手を変えたいって思うなら、まず自分が変わらなきゃ」
上《うえ》原《はら》恵《けい》成《せい》
「もう一度言ったら殺す。これは冗談じゃない」
小《こ》花《はな》衣《い》灯《とう》子《こ》
「なんで私の体重知ってるの島崎くんっ？」
河《かわ》見《み》みみこ

ひっくり返して掲げたその内容に、
俺は言葉を失った。
宮崎はひどくぎこちなく、笑っている。
無理矢理で不器用な笑顔を浮かべ、
俺を見つめていたのだ。

春は好きですか？

宮崎の水着は青を基調としたワンピースで、
色白な彼女には抜群に似合っていた。

「ひゃっほ――――っ！」
その瞳は、俺の視線から逃げ惑う。
白い顔から首元まで真っ赤に染まり、
露出した羽のような肩は
きゅっと縮こまっていた。

Contents

I will never forget
your 10 letters...

ダッシュエックス文庫

その10文字を、僕は忘れない

持崎湯葉

一章　友達になるのに必要なこと

晴天を疎《うと》ましく思うようになったのは、いつからだろう。

早く起きろ、外へ出ろ、真面目《まじめ》に生きろと上から言われているようで、癪《しゃく》に障《さわ》る。

「……低血圧なんです、低血圧……」

目覚まし時計は九時すぎを示している。すでに一限ははじまっていた。

なのでもうそろそろ寝床からおさらばしたい。

しかし仕方がない。いつにも増して起きたくないのだから、仕方がない。

「もすこし寝たら、起きるから……」

そう呟《つぶや》いたが最後、じんわりと意識が薄れていく。

起きればそこは、別世界。

世はまさに、正午。

「……サボるか」

高校二年目を迎えてから早二週間。

遅刻の数が二桁《けた》になろうとも、欠席は一度としてなかった。

しかし今日、ついに解禁されてしまった。今期初のサボタージュである。

ささやかな罪悪感から、午後は家事に全力を注ぐ。

母とふたりで暮らす2DK、日頃の感謝も込め、隅《すみ》から隅まで磨《みが》き上げた。あっという間にキッチンもトイレも母の下着もピカピカである。

「……散歩でも行くか」

仕事のなくなった昼下がりの我が家はどこか居心地《いごこち》が悪い。

逃げるようにマンションを出た途端《とたん》、春風が桃色の花びらをどこかへ連れていくのを見た。

「桜、今年ちゃんと見てないかも」

最近多くなったひとり言、するりと口から流れると、足は自然と動き出す。

のんべんだらり歩くこと二十分。我が物顔で車道を行く都電を歩道橋から見下ろし、渡りきればそこは都内でも有数の桜名所。

さあ花見、いざや花見、と言いたいところだが。

「……だよなあ」

並木の花は、どれもすっかり散り落ちている。これにはうなだれるしかなかった。

そんなとき、ポケットの携帯が震えだす。

映っているのはメッセージアプリ。差出人の欄《らん》には、上原恵成《うえはらけいせい》という名前が表示されている。

数少ない友人のひとりだ。友人……だよな？

「せめて学校には来いよな」

よかった、友人だ。このたった一行に俺への愛がにじみ出ている。ういやつめ。

するとさらなるメッセージが届いた。

差出人は高千穂弥生《たかちほやよい》。彼女も一応、友達だ。

きっと弥生も、俺不在の寂《さび》しさから連絡してきたのだろう。

「あんたがサボるとあたしらが先生にいろいろ聞かれる。正直メンドー。手間《てま》増やすなハゲ」

やはりこいつは友達じゃない。

広い公園内をあてもなく散策《さんさく》する。

桜はなくとも緑豊かな園内。だが考えてしまうのは、無粋《ぶすい》なことばかりだ。

「そりゃあ担任も、生徒に助けを求めたくなるよな」

新年度のクラス替えにより、厄介者《やっかいもの》三人を一身に背負うクラスが誕生した。

息を吐くように遅刻する男子。これは俺だ。

歯に衣《きぬ》を着せる気のない傍若無人《ぼうじゃくぶじん》女子。これは弥生。

そしてもう一人は、ここでは触れないことにする。厄介者と烙印《らくいん》を押してしまうのは、少しかわいそうな気がするし。

とにかくそんなクラスの担任とは、よっぽど激務なのだろう。

「河《かわ》……河、なんだっけ……河ちゃん先生に、栄光あれ」

名も思い出せない教師に祈りを捧《ささ》げていた、そのときだ。

ポツポツと水滴が地面をぬらす。あっという間に強烈な豪雨へと発展した。

「マジかよ、ちくしょう」

悪態《あくたい》をつく間にも、服や髪はぬれていく。

通い詰めた公園だけあって、雨宿りに最適な場所はすぐ思いついた。

散弾銃のような雨の中、走り続ければ徐々《じょじょ》に見えてくる。新緑の木々に囲まれた、小さな丘の上に立つ青い屋根。

階段を二段飛ばしで駆け上がり、やっとの思いで到達する。

そこで人心地《ひとここち》、とはならなかった。

「あ……」

ガラス玉のような目が、俺を見つめる。

古ぼけて深く変色した木のテーブルと、それを囲う四つのベンチ。

びしょぬれの彼女はそこに腰をかけ、声なく、驚嘆《きょうたん》の表情で俺を迎えた。

亜麻色《あまいろ》の髪はぺったりと肌《はだ》にひっつき、頬《ほお》はほんのり赤らんでいる。触れれば砕《くだ》けそうな身体《からだ》は、俺を見つけた直後びくっと揺れた。

はじめまして、なんて言う必要はない。彼女も俺も、互いを知っている。

俺は、ふいとその名を口にする。

「宮崎《みやざき》……」

もうひとりの厄介者の、その苗字《みようじ》を。

名前は忘れた。


宮崎とは、今年度はじめてクラスメイトになった。

噂《うわさ》は耳にしていた。同じ学年であれば、きっとだれでも知っているだろう。

彼女は、話すことができない。声が出ないのだ。

ただしコミュニケーションがとれないわけではない。他者の声は届くので、筆談は可能だ。

しかしそれすらも、彼女にとっては難しいのかもしれない。

過去になにかあったのだろうか、彼女は話しかけられると極端に挙動不審《きょどうふしん》になってしまう。

緊張で顔がこわばり、びくびくと震えるのだ。

傍《はた》から見れば、彼女がいじめられているように見えてしまう。

宮崎に悪気があるわけじゃない。そんなことだれだってわかっている。

彼女の欠点を取り立てて攻撃するほど、子供ではない。でもきっぱり割りきって彼女に触れられるほど、大人でもない。

自然と、彼女に接しようとする生徒はいなくなった。

休み時間、彼女はひとり絵を描いていることが多いという。

見たことはないが、なぜかフクロウばかりだとか。

常《つね》にひとりでいて、近づくと怯《おび》える、まん丸の瞳《ひとみ》の少女。そして、その絵。

密《ひそ》かに彼女は、フクロウの少女などと呼ばれていた。

向かいに座る宮崎は、泳ぐ目をけして俺に合わせず、居心地悪そうに佇《たたず》んでいる。

こんなに怯えて、辛《つら》かろう苦しかろう。

でもすまん、宮崎。この雨脚《あまあし》ではさすがに俺も出られないのだ。

ふと宮崎が学生鞄《かばん》を開いた。

取り出したのは、筆談用のスケッチブックと油性ペン。テーブルに置くと、一瞬、本当に一瞬だが、その瞳が俺の視線に触れた。

会話がないのは不自然だと思ったのだろう。気を遣《つか》わせてしまったらしい。

そうだな、宮崎。こんな俺だけど、世間話《せけんばなし》くらいはしようか。

「全然止《や》みそうにないな」

俺の声に、宮崎はぴくっと振動する。目線をあちらこちらに巡《めぐ》らせ、唇《くちびる》を揺らす。

それでも真っ赤な顔で、何度もうなずいていた。

これが宮崎とのはじめての意思疎通《そつう》になるわけだが、なるほど、これはいじめているように見えても無理はない。

彼女の反応はあまりに不自然で、こちらがどこか寂しい気分になる。

「……宮崎は学校の帰りだよな？」

宮崎は首が吹き飛びそうな勢いで首肯《しゅこう》する。

「俺は今日サボったんだけど、なにか変わったことはあった？」

今度は数秒思案したのち、ぶんぶんと首を振った。

その返しのひとつひとつはまるで試練のようで、乗り越える度《たび》に彼女は安堵《あんど》する。

でもこんなのはだれだって、子供だってあたりまえにできることだ。

なにが言いたいかというと、正直しんどい。

彼女は俺とふたりきりの状況を、どうにかやり過ごしたい心持ちなのだろう。

でも俺にとってその一挙手一投足《いっきょしゅいっとうそく》は、気分のいいものではない。

しゃべれないとか、そういうこと以前の問題だ。

「……はやく、止まないかな」

毒を孕《はら》んだその言葉。口にすると同時に、自分の器《うつわ》の小ささを再認識する。

ちっぽけな親切心で会話をはじめても、結局はこの程度でギブアップ。

俺はどれほど、足りない人間なのだろう。

「……ん？」

ふいにツンとしたシンナー臭が鼻を突いた。

見ると宮崎が、スケッチブックになにか書き込んでいる。一生懸命に、ほんのり目を潤《うる》ませ、ペンを走らせている。

ひっくり返して掲《かか》げたその内容に、俺は言葉を失った。

『春は好きですか?』

意味がわからない。

なぜ、どういう文脈でその質問に至《いた》ったのか。

思わずその顔を見る。するとそれは、先ほどまでとは少しだけちがっていた。

宮崎はひどくぎこちなく、笑っている。

無理矢理で不器用な笑顔を浮かべ、俺を見つめていたのだ。

「…………」

愚《おろ》かな俺はそこで、やっと気づくことができた。

接点のない相手に笑顔を作ってみせる。それはどんなときか。

宮崎はこの状況を、適当にやり過ごそうなんて考えていない。

いかにも絞《しぼ》り出したようなその質問は、人間関係に明るくない彼女が、必死に言葉を選んで導きだしたもの。

宮崎は、俺と話したがっているんだ。

そこにたどり着くと、見えてくるものは一変した。

「字、きれいだな」

言下《げんか》、宮崎はぴょんと一センチくらい跳《は》ねた。顔を紅潮《こうちょう》させ、口をぱくぱくとさせる。

「おっと、そうじゃないな。えっと春は、そうだな。好きだよ」

いきなりフレンドリーになったからか、宮崎はきょとんとする。

「でも一番は秋だな。誕生日が九月だし。あと春は花粉がな、大変なんだ」

わかっているのかいないのか、宮崎はうんうんと首を縦《たて》に振るばかり。

宮崎の言葉も見たい。

「宮崎はどれが好きなんだ？　季節」

宮崎はスケッチブックをめくり、忙しそうに回答を書き込む。

『春が好きです』

「なんで春？　誕生日とか？」

今度はより長文なのか、キュッキュと小気味《こきみ》いい音を奏《かな》でながら、声を描いていく。

『誕生日は三月なので、それもそうです。あと、ポカポカするからです』

「ポカポカするのか、春は。物騒《ぶっそう》だな」

『殴っているわけではありません。暖かいということです』

真面目に返されてしまった。

俺の声に対し、宮崎の言葉は不自然な時間差をもって返ってくる。普通とは異なるリズムの会話に、違和感は拭《ぬぐ》えない。
でも、こんな間《ま》も悪くないと思えた。
あと宮崎がせっせと書き綴《つづ》る姿は微笑《ほほえ》ましく、わりに見ていられる。
大雨によって隔絶《かくぜつ》されたこの空間で、俺と宮崎はそのとき、たしかに会話していた。
「そういえば、宮崎はちゃんと俺のこと知っててくれたんだな」
そう言うと宮崎は、慌《あわ》ただしくスケッチブックに返事を書き込む。
しかし焦《あせ》りすぎたせいで、ペンのキャップが地面に落下してしまった。
てんやわんやする宮崎へ、俺は落ちたキャップを拾い、一言添えて差し出す。
「ゆっくりでいいよ」
宮崎はじっと俺の目を見つめる。きれいな瞳がゆらりと揺れた。
ほんのり赤らめた顔でこくこくとうなずくと、少し余裕をもって書きだす。
『もちろん知っていますよ、島崎蒼《しまざきあお》くん』
島崎蒼。
宮崎の字が秀麗《しゅうれい》だからだろうか。自分の名前を今、はじめて美しいと感じてしまった。
すると宮崎は、スケッチブックで顔を半分隠しながらおずおずこんな質問を掲げる。
『私の名前は?』
「もちろん覚えてるぜ。さくらもも……」

スケッチブックが脳天に降ってくるという事態は、さすがに予想外だった。

髪型をいじられおかんむりな宮崎は、頬を膨《ふく》らませてぬれた前髪をいじる。

こんな宮崎もはじめて見る。それが、思いのほかうれしく思えた。

「ごめんよ宮崎。悪気はなかったんだ宮崎。許してくれ宮崎」

連呼《れんこ》すると、宮崎はまんざらでもなさそうにうなずいた。許されたようでなによりである。

あまつさえ下の名前を忘れていることもバレずに済んでよかった。

喉《のど》まで出かかっているんだ。たしか、最初の文字は『ふ』だったはず。

ふと、俺は異変を目にした。視界の端でなにか動いたのだ。

それはテーブルの陰《かげ》、宮崎の座る方へ移動していく。

「宮崎、足元になにか……」

その瞬間。

「──きゃっ！」

驚いたのはお互い様だったらしい。ベンチの下から猫が飛び出していく。

しかし今は、猫どころではない。

「……え？」

声が聞こえた。

宮崎のその口から、悲鳴が飛び出したのだ。

「……しゃべれるじゃん」

俺の言葉に、宮崎は顔を青白くさせていく。

両手を口に当て、見開いた目には、少なくない絶望の色がにじむ。

聞き間違いではない。今声を上げたのは、たしかに宮崎だ。

でもそれでは、話せないというのは、ウソ……？

「スミレッ！」

降り続く雨を貫《つらぬ》いて、鋭い声が俺たちの耳に届く。

見ると階段の途中に立ち、こちらを見つめる女性がいた。

彼女も知っている。俺や宮崎の通う高校の若手書道教師。名前は小花衣《こはない》。

小花衣先生の髪や服は、傘《かさ》をさしていながらもじっとりとぬれている。息があがっていると
ころを見ると、ここまで走ってきたのだろう。

彼女は階段を上がると、即座に宮崎へ駆け寄った。

「大丈夫だったたっ？」

宮崎は白い顔をしながらも、小さくうなずく。

そのやりとりでわかる。このふたりは、ただの教師と生徒という関係ではなさそうだ。

「ほら、傘。さ、行くよスミレ」

先生は宮崎を引っぱり、ベンチから離れていく。

「……ちょっと待ってて」

しかしそう言うと先生は、突如《とつじょ》俺に近づいてきた。

「今、ここであったこと、口外したら殺すわよ」

耳元で囁《ささや》かれた声に、悪寒《おかん》が走る。その瞳に冗談の色は感じ取れない。

先生は何事もないように俺から離れると、宮崎の手を取り、階段を降りていく。

宮崎はどこか申しわけなさそうな目で、俺を見つめていた。

雨の中を嵐のように去っていく宮崎と小花衣先生。

聞こえるはずのない宮崎の声。教師からの脅迫《きょうはく》。

なんだったのだろう。まるで夢から醒《さ》めたように、俺は当惑《とうわく》していた。

でも、耳に残るあの透き通った声は――。

「またねっ！」

耳をつんざくその声は、つい先ほども聞こえた、聞こえるはずのない声だった。

声を辿《たど》る。階段を下りきった宮崎が、強い眼差《まなざ》しで俺を見ていた。

遠くからでもわかる。その赤くなった頬、潤んだ瞳は、勇気の余韻《よいん》だ。

そんな宮崎を、小花衣先生はありえないものを見るような目で見つめていた。

「お、おお！」

雨にかき消されないよう、大声で返事をする。

すると宮崎の顔からは緊張が解け、うれしそうに緩《ゆる》んだ。

そうだ、すみれ。菫《すみれ》だ。

あの子の名前は、宮崎菫だ。

最初の文字、全然『ふ』じゃなかった。

＊＊＊

翌日登校すると、下駄箱《げたばこ》に二つ折りのメモが入っていた。

ラブレターにしては味気ない、とひとまずがっかり。差出人《さしだしにん》は小花衣先生だった。

『二限後の中休み、書道室に来なさい』

おそらく昨日のことだろう。俺も会いたいと思っていたところだ。

ただしひとつ問題がある。

「中休み、終わっちゃったなあ」

三限開始のチャイムを耳にしながら、俺は無人の昇降口でひとり呟いた。

上原恵成は中学校からの友人である。

さわやかな見た目のわりに情に厚い、けっこう良いやつだ。クラスの不良債権《さいけん》である俺と昼食をともにしているあたり、手放しで尊敬できる。

「蒼、おまえ昨日はなにしてたんだ?」

「炊事《すいじ》、洗濯、掃除、散歩」

「おまえが学生じゃなく主婦であれば、模範解答だな」

クスクスと笑う恵成。すると頭上から注意喚起の声が降ってくる。

「でもぼちぼちちゃんと登校しないと、雷《かみなり》が落ちるよ」

輪《わ》に加わったのは高千穂弥生。こちらは高校からの友人だ。

性格はもうバッチこい諍《いさか》いとばかりに無遠慮で、言いたいことは必ず口にする。だが性根が曲がっているわけではないので、言うことに間違いがないのも事実。

各方面からトラブルメーカー認定されている、残念な女子である。

「河見《かわみ》ちゃん、普段はほわほわしてるけど怒ると怖いタイプだよ」

弥生は足を組み、素足《すあし》に履《は》いた上履《うわば》きを半分脱いでぷらぷらさせながら、楽しそうに笑う。

そうだ、担任は河見だった。今度は忘れないようにしよう。

「まるで実体験してきたような言い方だな、弥生」

「まさにそうだしね。この前も河見ちゃんから逃げてるとき、二階の窓から飛び降りたんだけど、けっこうな勢いでキレてた。怖かったなー」

「そりゃキレるよ……」

「まずなんで追われてんだよ」

相変わらず、頭のネジが飛んでいるようで。

窓際に目を向けてみる。宮崎は今日もひとりで昼食をとっていた。

昨日あれだけ会話したが、今日はまだ声をかけていない。

ただ目が合うと、かすかな笑顔を見せてくれる。

昨日の今日では、そんなものだ。

「なあ、小花衣先生ってどういう人かわかる？」

ふたりはある程度知っているようで、各々《おのおの》情報を口にする。

「書道の先生だろ？　俺も話したことはないけど、かなり厳しい人だとは聞くな」

「書道部はいっつも泣かされているらしいねえ」

見た目通りキツい人のようだ。そう聞くと会うのが怖くなってきた。

「あとプロの書道家でもあるらしいね。字書いて売ってるんだって」

「へえ。そりゃすごいな」

そのとき、校内アナウンスのチャイムが鳴る。

呼び出しか、と聞き流そうとしたが、残念なことに他人事《ひとごと》ではなかった。

「二年三組島崎蒼、至急生徒指導室に来なさい」

繰り返される呼び出しを耳に、俺はうなだれる。

「ついに落雷《らくらい》ね」

「まあ、日頃の行いだな」

弥生と恵成は納得したような表情で俺の肩を叩《たた》いた。

だがこれがただの生徒指導でないことは、薄々感づいていた。

なぜならアナウンスの声が、小花衣先生のものだったからだ。

何気なく宮崎のほうを見る。なにやら宮崎も、俺に目を向けている。

その顔がどこか緊張しているように見えたのが、少し気になった。

＊＊＊

生徒指導室に入ると、小花衣先生からイスに座るよう指示された。

向かいに座る小花衣先生の眼《め》は、昨日にも増して鋭い。

「島崎蒼。まず、なんで中休み来なかった」

遅刻した旨《むね》を告げると、先生は呆《あき》れて額《ひたい》に手を当てる。

「そうだろうと思った。あんたが遅刻魔だという情報は、河見の愚痴《ぐち》で聞いていたし。この呼び出しも表面上はその生徒指導ってことになってるから、口裏合わせなさいよ」

すみません、河見先生。苦労かけてます。

「呼び出された理由はわかっているでしょ？」

「宮崎のこと、ですか？」

小花衣先生は忌々《いまいま》しそうに俺を睨《にら》み、首肯する。

「用件はふたつ。まずひとつ、スミレがまたあんたと話したいそうよ」

「えっ？」

「昨日は妙な別れ方をしたからね。今日の放課後、昨日の所で会いたいそうだけど、どう？」

「あ、空《あ》いてます」

声がうわずっているのがわかる。

どうやら思っていたより、俺はまた宮崎と話せることがうれしいようだ。

「でもなんで先生を通じて……？」

「教室であんたに近づくのはまだ避けたいみたいね。つまりは気を遣ってるのよ」

「……そうですか」

別にいいのに。そんなこと言われたら、俺も声をかけづらくなる。

「そしてふたつ目。スミレの声について」

その言葉が、指導室の空気に緊張感を加える。

そうだ、忘れていた。昨日、宮崎がしゃべったわけ。

「本当はあんたみたいな浮《うわ》ついたやつには教えたくないんだけど、スミレに言われてね。自分で説明するより私がしたほうが、あんたも気負わずに済むとかなんとか」

先生はこれ見よがしにため息をついた。

気負う、とはどういうことかも気になるが、それ以上に聞きたいことがある。

「あの、その前に……宮崎と先生ってどんな関係なんですか」

「ああ、言っていなかったわね。いとこよ。今は、ふたりで暮らしているの」

「ええっ、本当ですかっ？」

「スミレから隠してって言われてるの。学校では先生と生徒でって。ま、そんなのはいいのよ」

あまりよくないと思うが、会話の主導権は向こうが握っているため、従うしかない。

「スミレの声について、どう聞いている？」

「あの、まったく話せない、と……」

「そうね。公《おおやけ》にはそうなっている」

「公には、って……じゃあ、ちがうんですか？」

「ええ。スミレの声は、失われてはいない」

やはり、しゃべれるのか。でもじゃあ、なんでウソを？

「ただ……七年前のとある事故による精神的ショックで、制限《し》が与えられた」

その表情には俺に向けてではない、どこかへの憎《にく》しみが染みこむ。

小花衣先生は、焼きつくような眼光でもって、静かにそれを口にした。

「あの子は……スミレは、一日に十文字しか話すことができない」

「……え？」

考えもつかなかった内容に、全思考が凍結する。

一日に、十文字？　なんだ、それ。

「……え……冗談、ですよね……？」

「もう一度言ったら殺す。これは冗談じゃない」

殺意の宿る瞳に、肝《きも》が冷える。

小花衣先生が冗談を言う人だとは思えない。そんなことはわかっている。

だが、これはあまりに現実離れしている。

「学校など不特定多数の人間がいる場や、知らない人間を前にすると話せなくなる。極力閉鎖《へいさ》された場で、知った相手になら少しだけ話せる。その目安がおおよそ十文字なの」

「……それ以上話すと、どうなるんですか……？」

「その後は無意識に自制してしまう。本人が話そうとする意思を持っても、声が出なくなるの。でも翌日になれば、また十文字だけ話せるようになる。各医療機関で検査はしたけれど、脳や発声器官に異常はなかった。要は心因性ってことね」

「そんな、呪《のろ》いみたいな……」

「呪いだったらどんなにいいか。発動者を殺せば、あの子は治るんだから」
小花衣先生は苦虫を噛《か》み潰《つぶ》したような表情で、そう言い捨てた。
俺はというと、にわかには受け入れられずにいた。
ある日を境《さかい》に声が出なくなる。見知った相手でさえ、十文字しか話せない。
それは、どんな気持ちなのだろう。
彼女にとって言葉とは、どのようなものなのだろう。
そのすべて、俺の想像のみで理解するには、あまりに無責任な難題であった。

＊＊＊

放課後が訪れる。
教室に宮崎の姿はない。一足先に公園へ向かったのだろう。
俺も公園に着くと、すぐさま昨日の場所へ歩を進める。
青い屋根の下、ベンチに座る宮崎は緊張した面持《おもも》ちで佇んでいた。
俺を見つけると、ほんの一瞬息を呑《の》むような表情を浮かべ、すぐに笑顔で上塗りする。
「遅れたな、宮崎。すまん」
宮崎はカチカチに固まった笑顔で首を振った。

俺が向かいに座ると、宮崎の視点は忙しそうに動き回る。ただその反応は昨日とはちがい、少しうれしそうなものにも見えた。

宮崎はスケッチブックをテーブルに立てかけ、なにか書きだした。

『私のこと、聞きましたか？』

声のことだろう。しかしその返答は、簡単ではない。

「……うん。大変だな、十文字って……」

悩んだところで、この程度の返事しかできなかった。

『あまり気にしないでください。これまで通りで』

「うん。あ、昨日はごめんな。なにも知らないのに、しゃれべるじゃんとか不躾《ぶしつけ》に……」

宮崎は気にしていなさそうに微笑んだ。

難しい気の遣い方をさせてしまっていることにも、慣れているのだろうか。

「でも正直言うと、まだ信じられないよ……聞いたことないし……」

本心を漏《も》らすと、宮崎は切《せつ》ない笑顔で視線を落とす。

『たぶんそれが正しいです。すみません』

「………」

すみません――その五文字が、ひどく悲壮感を感じさせる。

まるで彼女のこれまでを物語っているような言葉だった。

さて。ここまでのはいわば事務的な会話だ。

宮崎が求めているのはこの先。ごく普通の世間話なのだろう。

宮崎のペンが走る。細い音を立て、宮崎の声が形になっていく。

『島崎くんは、部活には入ってないのですか？』

高校生が織りなす会話としては、定番の話題だ。

そんな普遍的な質問をするにも、宮崎はわくわくとしているようだ。

「部活は入ってないよ。うち母子家庭でな。家のことしないといけないんだ」

口にした直後、失敗に気づいた。

この情報は一般に、すんなり受け入れられる事柄ではない。その証拠に、宮崎の顔色がどんどんと青くなっていく。

『ごめんなさい』

高速で走らせた文字に、その心情がにじんでいるようだった。

「だ、大丈夫！　物心つく前にはいなくて、父親ってもの自体わからないくらいで……」

いきなり気を遣わせて申しわけない。こちらで軌道《きどう》修正しないと。

「宮崎なんかは父さんにかわいがられただろ？　宮崎みたいな娘がいたら絶対うれしいもんな。父さんはなにしてる人なの？」

うまく切り返したつもりだったが、なぜか宮崎は顔を引きつらせる。

『私もいません』

やっちまったー。

「そ、そうか……いっしょだな……」

痛々しい同調にも、宮崎は複雑そうな笑顔でうなずいていた。

もう家族についての話はやめよう。きっとお互いに、触れるのはまだ早い。

「……………………」

しかしながらついに、沈黙が生まれてしまう。

俺は次の話題を見つけられずにいた。

宮崎と話すことに対し、ずっと妙な緊張感が身体を縛《しば》っている。それが会話の導入につまずき気まずい空気になったことで、より強まっていた。

気楽に話せた昨日とはちがう。

宮崎の秘密を知ったことで、より宮崎に近づいたことで、変な意識が芽生《めば》えていたのだ。

俺の言葉で傷つけてしまったら、泣かせてしまったら、どうする。

俺は今改めて、ハンデを持つ女の子の心へ踏み込むことを、恐れていた。

ふと、沈黙はペンの音で破かれる。宮崎が焦った様子で書き込んでいた。

『遅刻が多いのは、家のことをしているからですか?』

そこに触れられるのは予想外だった。

「いや、まあ……ちがうかな」

要領を得ない回答に、宮崎は首をかしげている。

「遅刻が多いのは、なんとなく、だよ」

この回答には共鳴できなかったのだろう、宮崎は不思議そうな顔をした。

俺は極力、笑い話であるかのように話す。

「朝早く起きるのもしんどいし、勉強も好きじゃないし……みたいなこと考えだしていたら、自然と遅刻魔になっちゃってたってわけ」

いつしか俺は社会の中で、舞台を眺《なが》める観客のような存在に甘んじていた。

自問していくと、俺には将来どうなりたい、みたいなものがないことを自覚してしまう。

そういう感情が曖昧《あいまい》で、未来さえも持て余しているのだ。

だから俺は勉強するのも苦痛で、学校を楽しいとも思えなくて。

そうなると朝から夕方まで学校へ行く意味なんてあるのか、と考えるのは当然で、意味のない遅刻が増えるのも、必然だ。

それだけならまだいいが、出来損《できそこ》ないの俺は常に物乞《ものご》いのように、楽しいことはないか、夢中になれるものはないかと思っている。

面倒《めんどう》くさがりで、大した行動も起こさないくせに、好機を待ち続けている。

この人間性を一言で表すなら、こうだろう。

「つまり、取るに足らない人間なんだ、俺は」

さらけ出した俺の低品質な人格。さあ宮崎はどんな困った顔を見せるだろう。

体《てい》よく拒絶されるかと思うと、少しだけ胸が詰まった。

だからこそ俺は宮崎の反応を前に、困惑《こんわく》することになる。

『島崎くんは、優しいですね』

そう掲げる宮崎は、締まりのない口元で笑っていた。

それには俺も茫然《ぼうぜん》とする。言葉の意味も笑顔の理由も、思い当たるものがなかった。

『家事を言いわけにしないんですね』

「え……あっ」

どうしよう、この子勘違《かんちが》いしている。

俺のことをなにか、母親想いの母子家庭少年だと思っておいでだ。

「い、いや……やさしいとかじゃ、別に……」

「やさしいです」

その声は、俺が言いきるよりも早く耳に届いた。

聞き慣れない、でも昨日たしかに聞いた、宮崎の肉声。

制限された十文字のうちの、六文字だ。

「……その根拠、一体どこから持ってきたんだ……？」

尋《たず》ねると、宮崎は自信満々の表情でペンを走らせる。

『昨日ここで私に、ゆっくりでいいよって言ってくれました』

「……いや、それはわりとだれにでも言えるような」

『そんなことはありません』

宮崎は書き続ける中でふいに、自虐《じぎゃく》するような微笑みを浮かべた。

『普通の人からすれば、私との会話は面倒です』

「………………」

『でも島崎くんは昨日、どんどん私に話しかけてくれました』

『島崎くんは、すごくすごく、優しい人です』

その一文は筆圧でわかる、今までで一番の力説であった。

そんな宮崎を前に、俺はどうしたものか、ほんわかとしてしまった。

くだらない人間性を露呈《ろてい》していたはずなのに、なんだこのぬくい空気感は。

仕方ない。なぜなら宮崎の目に映る俺はもう、やさしい人間だと断定されてしまったのだ。

この子の心はどれほどまでに、純白なのだろうか。

「……宮崎もやさしいよ。やさしすぎるくらいだ」

呟くと、宮崎は真っ赤な顔と両手を振っていた。ただ慌てすぎて持っていたスケッチブックやペンをぼろぼろと落としてしまう。これには彼女もぎょっとしていた。

「あーあーあー」

笑いながらそれらを拾うと、彼女はへこへこ頭を下げながら受け取る。

その顔は、「やってしまいました……」と言わんばかりの気恥《きは》ずかしそうな笑顔であった。

その後、俺は自分でも驚くほどスムーズに宮崎と会話ができた。

きっと恐怖よりもなによりも、彼女への好奇心が勝ってしまったのだろう。

俺は宮崎と、友達になりたかったのだ。

＊＊＊

帰りのHR終了と同時に、恵成と弥生が声をかけてきた。

「蒼、この後カラオケ行くかって話になってるんだけど、どうだ？」

「ヒマでしょ？」

恵成は爽《さわ》やかな笑顔で、弥生は小馬鹿《こばか》にするような笑顔でこんなお誘いをしてくる。

ただ残念ながら、それに乗ることはできない。

「悪い。この後、用があるんだ」

「ならしょうがない……ってこんなやりとり、最近増えたよな、弥生」

「ね。なに蒼、彼女でもできた？」

「どうしてそうなる」

若い者はこれだから。生活に変化があるとすぐ異性を絡《から》めてくる。

まあ、原因は異性なのだが。

「最近の蒼、妙でしょ。放課後すぐに帰って……なにより、遅刻が減ったわ！」

「いいことだろうが」

「カタストロフの前兆だわ……」

「なんでだよ。わなわなすんな」

その後、問いただしてくる恵成と弥生をいなし、そそくさと学校を出る。

ふたりの言い分には、おおよそ間違いはなかった。

放課後すぐに学校を出るのは、今日のような約束があるからだ。

遅刻が少なくなったのは、うまくは言えないが、登校するのに俺なんかよりよっぽど勇気のいる子が、平然と無遅刻無欠席を更新しているのを知ったからだ。

「よ、宮崎」

区立公園内の一角、青い屋根の下、ベンチに座る宮崎は愛嬌《あいきょう》のある笑顔で出迎えた。

宮崎とこのベンチで遭遇《そうぐう》してから早二週間。

あれから何度こうして会ったか。会話の中で生まれる時間差も、もう身体に馴染《なじ》んでいる。

俺と宮崎は順調に、友達になろうとしていた。

「あと一カ月もすりゃ中間テストかあ。早いなあ」

俺はテーブルに突っ伏し、憂鬱《ゆううつ》をため息で表す。

ペンの音が聞こえたので顔を上げると、宮崎がせっせと声を文字にしていた。

『島崎くんの成績は、どれくらいなのですか?』

「もー下の下ですよ。世界史なんかはいつも赤とのせめぎ合いだ」

宮崎はおかしそうに目尻《めじり》を下げ、えくぼを作っていた。他人事だと思ってからに。

「宮崎は成績いいだろ。小テスト、いつもいい点だもんな」

『なんで知ってるのですか?』

「宮崎はもう少し気功《きこう》の訓練をしたほうがいいな。背後が常にガラ空きだぞ……あっ、ごめんごめん。やめて、角はさすがにやめて」

スケッチブックを縦に持って振り上げる宮崎に、俺はひたすら頭を下げる。

宮崎でもこうして顔を赤らめ、怒りを露《あらわ》にすることはある。おかしければ、もちろん笑う。

『それより、奇行《きこう》の訓練ってなんですか?』

あと、ちょっと天然だ。

二週間前までは知り得なかったが、彼女の中身はそこらにいる女の子となんら変わらない。

でもただひとつの要素が、宮崎を孤独《こどく》にする。

「……じゃあ今度は直接聞きに行くよ、テストの点」

そう言うと宮崎は、困ったような笑顔でふるふると首を振った。

チクリと胸が痛んだが、それでももう一歩、踏み込む。

「宮崎、俺は別にいいんだぞ。教室でおまえと……」

言葉の途中、宮崎は手のひらを突きつける。「NO！」と太字で書かれていそうな勢いだ。

『いいのです。私は今のこの状況だけで、十分すぎるほど楽しいです』

『島崎くんに迷惑がかかると、私も辛いです』

「……そっか。ならいいや」

にっこり笑ってみせると、宮崎は心が満ち足りたようにうなずいた。

公園での会話は日に日に濃密になっている。

しかし教室でのふたりはいまだ、知り合いですらないように振る舞っている。

それはひとえに、宮崎の意志だ。

クラスメイトの前で俺と会話すれば、俺すら奇異《きい》な目で見られると彼女は思っている。それがイヤだから、教室で話しかけないようにと言って聞かなかった。

悩んだが、結局俺は彼女の望みを尊重することにした。

ただ心残りがあるとすれば、休み時間にどうでもいい話をしたり、いっしょに弁当を食べる、そんな友達としてあたりまえのことが宮崎とできないということ。

いずれそんな日が来ると、今はこっそり願うしかない。

＊＊＊

休み時間、俺は教室での宮崎を眺めていた。

黙々と、教科書を読んでいる。彼女に触れようとする者はだれひとりとしていない。

静かに、まるでいないように佇んでいる。

それがクラスメイトの、宮崎への印象だろう。

でも俺は、この空間の中で俺だけは、本当の宮崎を知っている。

この図式は、ちょっとだけ誇《ほこ》らしかった。

「なに見てるんだ」

突然かけられた声に心臓が弾《はず》む。恵成だ。

「お、おお。いや、ちょっと黄昏《たそが》れてただけですけど……」

「なんで敬語なんだよ」

あぶないあぶない。宮崎を見ていたなんてバレたら、いろいろ面倒なことになる。

「ところで蒼くんや」

すると今度は背後から、弥生がぬるっと登場する。俺の頭を犬にするようにぽんぽん叩き、
あまり気持ちのよくない笑顔を浮かべていた。

「今恵成と賭《か》けをしてるんだけど、いっしょにどうだい？」

「賭け？」「あっ、こら弥生！」

俺のオウム返しと恵成の咎《とが》める声が重なる。なにやらよからぬことらしい。

「蒼の無遅刻記録が何日続くかって賭けなんだけど」

「安心しろ……これから未来永劫《えいごう》遅刻しねえから……」

「無遅刻と無欠席の記録を両方当てる、馬単《うまたん》ならぬ蒼単もあるけど、どう？」

「蒼単ってなんかかわいいよな。蒼たん」

「黙れ恵成」

こいつら、人が真面目に登校しだせばこれだ。もう絶対に遅刻も欠席もしない。

「それで蒼、いつになったら彼女紹介してくれるの？」

「もうなにがなんだか……」

呆れるも、恵成と弥生は比較的真剣な表情だ。

「だってもう、蒼がまともになった理由がそれ以外思い浮かばないしなあ。放課後すぐいなくなるのがミソだよな」

「観念しなさいっ、あんたを変えられるのは、もはや女以外に考えられないのよ！」

「う、うるせえよ、あんまり大声出すな……」

宮崎を盗み見ると、顔を埋める勢いで教科書に食い入っている。表情は隠れてわからないが、わずかに覗《のぞ》くその耳は赤くなっていた。

これはいけないと、俺は教室から脱兎《だっと》のごとくダッと逃げ出す。

それを見て弥生と恵成は、ものの見事に釣られてくれた。

ひとまず、宮崎の精神衛生は保たれただろう。


「すまん、宮崎。あいつらは本当にバカなんだ」

休み時間のことについて頭を下げると、宮崎はぶんぶんと首を振った。

あのふたりめ、事実をかすめるような発言をしおってからに。あまつさえまるで俺と宮崎が恋人同士であるかのように言いやがって。

そのせいでいつもの公園、いつもの会なのに、ふたりの空気はどこかぎこちない。

すると宮崎はこんな質問を投げかけてくる。

『島崎くんと高千穂さんと上原くん、仲いいですよね』

「あー、まあそうだな。数少ない友達ってやつだ。意外なメンツだろ?」

宮崎は視線を宙空に巡らせたのち、親指と人差し指で『C』を作ってみせる。

ちょっと、とのことらしい。

「正直でよろしい」

何事にも無気力な遅刻魔と、傍若無人なトラブルメーカー、爽やか真面目くん。

周りからすれば俺たちは、いっしょにいること自体不可思議なのだろう。

「まあ俺も、弥生とこんな仲になるとは思ってなかったからな」

その表情だけで、「なぜ？」と思っているのがわかった。

せっかくなので、三人の昔話をすることにした。

「恵成は同中で、高校入っても話し相手ではあったんだ。腐《くさ》れ縁《えん》ってやつだ。でも弥生とは去年出会った。そのとき弥生は恵成と同じクラスで、その縁でな」

今となっては懐《なつ》かしい。あまり思い出したくもないが。

「最初、俺と弥生はまー仲悪くてなあ」

宮崎は驚いていた。今ではそんな風には見えない、とのことなのだろう。

弥生が非難してくるのを、俺が受け流すという構図だったと思う。

俺は極力やらなくていいことはやらないタイプ。弥生はやらなくてもいいことを全力でやるタイプ。まさに対極というわけだ。

「でも恵成は必死に仲を取り持とうとするんだ。あいつには悪いけど、それが滑稽《こっけい》でさ。そう考えてたら、険悪ムードがだんだんと冗談めいてきたんだ。ノリというか、キレ芸みたいな。なんだこのやろー、てめーこそなんだー、って感じ？」

想像してしまったのだろう、宮崎は笑いながらうなずく。

「んで普通に話すようにもなって、いつの間にか仲良しトリオになってたってわけ」

話を終えると、宮崎はこんな感想を示した。

『上原くんはいい人なんですね。友達と友達が仲良くなるために、がんばって』

「ああ、それに関しては、そんなきれいな理由じゃないぞ」

指摘《してき》すると、宮崎はこてんと首をかたむける。

たぶんこれは言ってはいけないやつだろうが、隠すのが面倒なので言う。

「恵成は弥生のことが好きなんだ」

宮崎はぽかんとした後、ほんのり顔を上気《じょうき》させた。

「あいつの態度見てなんとなく気づいてな。当人に言ったら、『なら手伝えよ！』ってうるさくて。だから俺と弥生を仲良くさせようとしたのは、あいつ自身のためってわけ」

でも、それが俺と恵成がただの同中でなくなったきっかけでもあったりする。

宮崎は、おずおずと疑問を掲げる。

『じゃあ高千穂さんと上原くんは付き合っているんですか？』

「いや、残念ながら。よくいっしょにいるのにな。ヘタレなやつだよ」

まあ、弥生がパッパラパーすぎて恵成の気持ちに気づかないのも原因だがな。むしろ恵成はやつのどこに惹《ひ》かれたのか、俺にとってはわりと謎だ。

いろいろと思うところがあるのだろう、宮崎は口を開けたままぼーっと白紙のスケッチブックを眺めていた。少しした後、そこへ書き込む。

『私には新鮮な話ばかりです』

その顔には、屈託《くったく》のない笑みが浮かぶ。

だがその言葉は、笑顔で掲げられたその声は、俺の胸をちくりと刺した。

「……なあ、宮崎……」

意図的に、言葉をとどめる。

宮崎は口角を上げ、子犬のように俺の声を待っていた。

「……宮崎の買ってきてくれたこのクッキー、すげーおいしいのな」

本日のおしゃべり会にはお茶請《ちゃう》けがあった。宮崎の用意したクッキーだ。見た目や包装はシンプルだが、味はかなりのものである。おそらく有名な洋菓子店のものだろう。

宮崎もお気に入りなのか、褒《ほ》めると照《て》れるように頬を染めていた。

話題を変えてからも、宮崎とのおしゃべりは弾む。

ただ胸にある言えなかった言葉は、栓《せん》のようにつっかえていた。

なあ宮崎、あのふたりとも話してみないか？

きっと拒否される。そうした予想が、その言葉を押しとどめさせた。

日も暮れてきたので、そろそろ帰ることに。

宮崎は公園に隣接する駅から都電を利用するので、駅まで送っていく。

彼女は俺の斜《なな》め後ろをついてくる。歩くのが速いのかとスピードを緩めるも、距離感は変わらず。その位置が落ち着くらしい。

のどかな風景の中を連れ立って歩くと、仲良くなったと実感する。

宮崎といるほわほわとした時間は心地よく、失うのは惜《お》しい。

ならば余計なことを考える必要はないのかもしれない。宮崎をクラスに馴染ませようとか、友達を増やそうとか、おこがましいことだろう。

ふたりだけの秘密で、それでいいじゃないか。

「なあ、宮崎」

駅構内に入り、都電の停留所までわずかとなったところで、俺は彼女を呼び止めた。

宮崎は振り返り、俺の言葉をじっと待つ。

「明日さ、学校のどこかふたりになれるところで、いっしょに昼……」

「蒼?」

小悪魔のような声が俺、そして宮崎の鼓膜《こまく》を撫《な》でる。

毎日のように聞いている声だ。だれのものなのかなど、確認するまでもない。

今はただ、目の前の少女の顔が青ざめていく事実のみ、心を占《し》めていた。

「弥生……恵成……」

ふたりは俺と宮崎を遠巻きに見つめていた。

恵成は開いた口がふさがらない、といった表情。そして弥生は、最初はぽかんとしていたが、徐々におもちゃを見つけた悪ガキのような顔になっていく。

「蒼の彼女は、宮崎ちゃんだったのか――――っ！」

大声で叫ぶ弥生に、宮崎の顔は絶望よりも羞恥《しゅうち》が色濃くなった。

「ばっ、やめろ！」

「そ、そうだったのか蒼！」

「ち、ちがっ……あー、もう！」

俺は宮崎の手を取り、走り出す。

「宮崎っ、この場は一旦《いったん》逃げよう！」

だがその耳には届いていないようだ。状況の整理が追いついておらず、頭をくらくらさせながらなすがままに引っ張られていた。

そのとき都合良く、都電が到着していた。停留所を駆け、宮崎を都電に押し込む。

「あいつらは俺がごまかしておくから、心配すんな。また明日な！」

ドアが閉まる。ガラス越しの宮崎はいまだ狼狽《ろうばい》しつつ、俺の言葉にしっかりとうなずいた。

そうして宮崎を乗せた一両の都電は、ガタゴトと走り去っていった。

「さあ蒼くぅん、説明してもらいましょうかあ？」

背中からのっそりと、ふたつの顔が現れる。

いずれの瞳も、好奇の光で満ち満ちていた。


厄介なふたりを連れ、やってきたのは駅前のマック。

もはや隠せるものではないと、俺は宮崎と仲良くなった経緯《いきさつ》を説明した。

十文字だけ話せる、という部分は秘密にして。

「えー、じゃあ彼女ではないってことー？」

「そうだよ。だからもう宮崎に余計なこと言うなよ」

弥生は「えへーい」と了承と不満が混じったような返事をした。

恵成はというと、なにか恍惚《こうこつ》としている。

「それにしたって運命的じゃないかー。突然の雨によって追いやられた先で、クラスの女子とふたりきり……まるで世界にふたりしかいないみたいだねってか！」

「キモいぞおまえ」「恵成って時々乙女《おとめ》だよねー」

恋人同士であることを期待していた弥生はまだ不平を表情に映している。ただそれでも関心はまだ持っているようで、ニヨニヨ笑いながら俺の肩を叩く。

「それにしても、蒼が宮崎ちゃんとねえ」

「……なんだよ。変か？」

「ぶっちゃけ、変……というか意外だね」

恵成も同意見なのだろう、小さくうなずいていた。

「こんなことを言うと宮崎ちゃんに悪いけどさ、蒼のことを極度の面倒くさがりだと思ってたあたしとしては、これ以上の驚きはないわけよ。ねえ、恵成」

心の優しい恵成は、この言葉には曖昧に微笑むだけだった。

弥生の言い分は理解できる。現に宮崎自身も語っていた。

『普通の人からすれば、私との会話は面倒です』

この文を目にしたとき、形容できない気持ちになったのを覚えている。

間違いなく俺自身も、面倒なことを嫌うはずの人間だったからだ。

「それより、なんで宮崎さんとのこと、隠してたんだよ」

恵成の疑問は至極《しごく》もっともで、聞かれるだろうとは思っていた。

事情が複雑なだけに説明しづらいが、ひとまず宮崎の考えを代弁する。

「宮崎が、そうしてくれって言うんだ」

教室で宮崎に話しかければ、俺への目もよろしくなくなる。そこに負い目を感じたからこそ、宮崎は頑《がん》として現状維持《いじ》を求めているのだ。

このような説明をすると、恵成は眉間《みけん》にしわを寄せ、苦笑する。

「まー……わからなくはないな、宮崎さんの言い分も」

「うん。だから今は宮崎の言う通りにしようと思ってる。おまえらも気をつけてくれよ」

恵成は俺の言葉に無言で首肯する。

しかしもうひとりの厄介者は、一筋縄《ひとすじなわ》ではいかなかった。

「気をつけろって、なにを?」

その声は、そしてその表情は、不気味なほどに静謐《せいひつ》だ。

経験的にわかる。これは、弥生がケンカをふっかけるときの合図だ。

「だからまあ……今まで通り、教室ではあんまり話しかけないように……」

「なんでそんなことしなきゃいけないの?」

「なんでって……」

「宮崎ちゃんに話しかけるかどうかは、あたしの勝手じゃん?」

ここで、恵成が割って入ってくる。

「まーまー。蒼は見てないかもだけどさ、弥生は前から宮崎さんに声かけたりしてるんだぞ」

「え……そうなの?」

「ああ。たぶんクラスの中で、一番普通に接してると思うよ。たまーにだけどな」

見たことがない。だが弥生の性格を考えれば、おかしくはない。

「だから、弥生も今まで通りってことで。それでいいだろ?」

「……うーい」

恵成の提言に、弥生は気のない返事で応《こた》えた。

「じゃあ、今日はぼちぼちお開きってことで」

それを最後に、俺たち三人は解散した。「また明日」とそれぞれ口にして帰路につく。

別れ際まで「絶対におかしい」と語る弥生の表情が、非常に気がかりだった。

＊＊＊

翌朝、教室では息を呑む事態が巻き起こっていた。

弥生が宮崎に絡んでいるのだ。

宮崎の席の前にて、弥生は自信満々な笑顔で話しかけている。

対する宮崎はやはり動揺していて、身体を縮《ちぢ》こませていた。顔色もよくないように見える。

助けに行くべきかと悩んでいたところ、恵成に声をかけられた。

「おはよ、蒼」

「恵成、あれはどういうことだよ」

挨拶《あいさつ》を返すことさえ忘れ、尋ねる声もつい荒くなる。

「俺が来た時にはもう、ああやって話しかけてたよ」

「あいつ……昨日の話聞いてたのかよ」

「まあまあ落ち着け蒼。落ち着いて、教室内を観察してみろ」

言われた通り俺は改めて、宮崎の席だけでなく、クラス全体を見回してみる。

すぐさま気づいた。本来あるべき違和感がないことに。

他のクラスメイトたちは特に変わった様子もなく、各々雑談に興《きょう》じている。

時折ふたりのほうを見るが、「また高千穂が変なことしてる」と呆れるだけだ。

「弥生はだれにでも平気で話しかけるやつってわかってるから、みんな気にしてないんだよ」

恵成はほんのり自慢げにそう言った。

宮崎と会う前までの俺はあまり周りを見ていなかった。なので気づいていなかったが、弥生はたまにああやって宮崎とも話していた、ということなのか。

つまり弥生が宮崎と話すことは、クラスにとっては日常だということだ。

「……っ」

そう考えたとき、どういうわけか胸が苦しくなった。

気持ちのよくない感情が、さざ波のようにじわじわ押し寄せる。

その感覚は、弥生が宮崎から離れるまで続いていた。

ところがどっこい高千穂弥生の奇行は止まらない。

午前中、彼女は何度も宮崎につきまとった。休み時間や移動教室、体育では宮崎と組みバドミントンなんぞしていた。

宮崎はその間ずっと困惑しているようだ。

また朝は気にも留めていなかったクラスの連中も、少しずつふたりに注目しだしている。

そんな教室の様子に、俺はヒヤヒヤしっぱなしであった。

そして迎えた昼休み。

まさかとは思ったが、やつは購買から戻るや否《いな》や、宮崎の席へ向かおうとしていた。

さすがに、黙ってはいられない。

「おおう、どうした蒼」

「……今日は中庭で食おうぜ、弥生」

俺は弥生の腕を強引に取り、教室の外へ引っ張っていく。

期せずして目に入った宮崎は、こちらを見て胸を撫で下ろしているようだった。


「なにを考えているんだよ、弥生」

校舎の中庭に着いてすぐ、俺は弥生を問いただす。

「四人席はいっぱいだね。あたしと恵成がこのベンチに座るから、蒼は芝生《しばふ》に直座《じか》りね」

「そんなこと聞いてるか、俺……」

「まあまあ、とりあえず座ろう、蒼」

ついてきていた恵成が、間に入り俺をなだめる。

俺は弥生と恵成の座るベンチに向かい合うように、芝生に腰を下ろす。

見上げれば、弥生は平然とメロンパンを食していた。

冷静な口調を心がけ、俺は弥生に尋ねる。

「弥生、今日のおまえはどうしたんだ」

「えー、なんのことー？」

故意《こい》にたき付けるような物言いをしていることが手に取るようにわかる。熱くはなりたくないのだが、発言内容よりもその不明瞭さが感情を逆なでした。

そんな俺を見かね、恵成が言い継ぐ。

「俺から、というかだれから見ても不自然だぞ、今日の弥生は。宮崎さんにあんな絡んで」

「不自然、ねえ……」

弥生はそう呟き、見透《みす》かすような目で俺を見る。

「どっちが不自然だか」

メロンパンで頰をふくらませながら、弥生はそう言い捨てた。

「なにが言いたいんだよ」

「なに蒼、さっきからイライラして。メロンパン分けてほしいの？」

もう怒る気もツッコミを入れる気も起きない。ただこのバカの言葉を聞き流す。

「それとも、教室で宮崎ちゃんに声かけることのできるあたしに、嫉妬《しっと》してるの？」

「なっ……」

だがその言葉には、心が過敏に反応してしまった。

自問する。まさか図星なのか、と。

「どうやら蒼は正直に言ってほしいみたいだから、仰《おお》せの通りぶっちゃけるわね。恵成、言いすぎ感が出はじめたら止めてね」

恵成は気圧《けお》されながらも、「ああ」と返事していた。

「不自然。スーパー不自然なの、あんたと宮崎ちゃんの関係性」

弥生ははっきりと、おふざけのない表情で言い切る。

「胸にすとーんと落ちないの。あたしすとーんと落ちないこと大っ嫌いだから、理解するために宮崎ちゃんに近づいたってわけ」

「……昨日も話したろ。宮崎は俺との関係を公にしたくないから……」

「なんなの、その関係って。普段は他人のフリして、裏で密会するって。セフレかなにか？」

「ばっ……なに言ってんだてめえは！」

「あたしの中の類語辞典では、真っ先にその単語が出てくるんだよねえ」

恵成が「セフレはノー」と苦言を呈《てい》すと、弥生は気のない返事で応えた。

「結局さあ、どうしたいのあんたは」

ここにきて、弥生はこんな抽象的な質問をしてくる。

俺は、心の中の先頭にある感情を呟く。

「俺はただ……宮崎の顔を、曇《くも》らせたくない」

「……なるほどね。それが本音か」

弥生はそこで、合点《がてん》がいったというような表情で笑う。

だがその微笑みは、あまり快《こころよ》いものではなかった。

「あんたは宮崎ちゃんに、笑っていてほしいのね。お人形さんみたいに、ニコニコと」

「いけないのかよ」

「気持ち悪いわ」

「は？」

腸《はらわた》がグラグラと煮えくり返る。

憤《いきどお》りでもって睨みつけるも、弥生の目は凄《すご》んだこちらが動揺するほど、冷たかった。

「あんたはさ、宮崎ちゃんとどうなりたいの？」

「そりゃ、ちゃんと友達に……」

「じゃああんたにとって友達って、いつでも自分を癒《いや》してくれる、愛玩《あいがん》動物のようなものなの。かわいいね、いい子だねって撫でておけば尻尾《しっぽ》を振る、そんな存在なのね」

「そ、そんなわけ……っ！」

「同じよ」

日本刀のようなキレ味で、俺の反論が斬《き》り刻《きざ》まれる。

「あんたは友達になりたいとか表面的に思っていながら、宮崎ちゃんを上から見ている。小動物を見るように。かわいそう、だからかわいい。笑顔が見たい。かわいいから、かわいそうだから。宮崎ちゃんはかわいい。だって、かわいそうだから」

「ち、ちがう！」

「まともじゃないね。そんなの友情じゃない。同情って言うのよ」

「っ……」

気づけば俺は立ち上がり、脇目《わきめ》も振らず走っていた。

つまりは、逃げたのだ。

無人のトイレに駆け込む。鏡を見れば、そこには瞳の腐敗《ふはい》した男が映っていた。

頭に血が上っていて、チャイムの音さえ聞こえていなかったらしい。気づけば五限はすでにはじまっていた。

だからといって教室に戻ろうとは思わない。

なのでもう五限はサボり、どこかで食べそびれた昼食をとることにした。

しかし廊下に出たところで、不運にも教員に見つかってしまう。

「……あ？　島崎蒼？」

なんの因果《いんが》かエンカウントしたのは、小花衣先生だった。

しかもなぜか、異様に機嫌が悪い。

「なにをしてるの。もう五限ははじまってるでしょ」

「いや……あの、すみません」

「まったく、相変わらず不真面目な…………それは、弁当？」

言葉の途中で、先生は俺の持つ弁当袋を凝視《ぎょうし》する。

「まだ、入っているわね」

すごい嗅覚《きゅうかく》である。

「もしかして……ソレをこれからどこかで食べよう、なんて考えているんじゃ……」

素直に肯定した、次の瞬間。

ぐぅー。小花衣先生の腹から、壮大な音が聞こえてきた。

先生は、なぜか誇らしげに俺を見下ろす。

「しょうがないからここは見逃してあげるわ。その代わり……」

「…………」

分けてほしいんですね。

＊＊＊

小花衣先生はこの学校でただ一人の書道教師であるため、書道室はほぼ専用の部屋となっているらしい。要は私物化しているのだ。

書道室内は、学校ではまず感じることのない畳《たたみ》の香りが漂う。

厳《おごそ》かな空間の中、先生は俺の弁当を半分以上強奪し、かっこんでいた。

「なんでそんな空腹だったんですか？」

気に入らない人間だろう俺の施《ほどこ》しを受けてまで。

「仕事に集中しすぎて、気づいたらこの時間だったのよ。購買に行っても甘ったるいパン三個しか残ってなくて、全然足りなかったわ」

パン三個食ったのかよ。

「仕事って……書道教師ってそんなに忙しいんですか？」

「そっちじゃないわよ」

そう言って先生は俺の背後を箸《はし》で指す。そこには、巨大な『書』があった。

「書道家としての仕事ですか」

「そ。知り合いの個展に飛び入りで参加することになってね」

飄々《ひょうひょう》とした顔で言うが、その作品はえも言われぬ存在感を放っている。三日ぶりの食事のような勢いで生徒の弁当を食す人間が書いたとは、到底《とうてい》思えなかった。

数分ほどで先生は弁当を完食し、「ごちそーさま」と手を合わせた。

「おいしかった。この弁当、親が作ったの？」

「いや、親は忙しいので」

「ああ、母子家庭なんだっけ。ごくろーさまです」

心のこもっていないねぎらいよりも、気になることがある。

「よく知ってますね」

「いろいろ調べたのよ、あんたのこと。家は学校から徒歩二十分のマンション。遅刻が多く、成績不良で協調性がない。友達は高千穂さんと上本《うえもと》くんのふたりだけ」

おしい。彼は上本くんでなく、上原くんです。

おそらくだが、この人は宮崎の親代わりとして俺の素性《すじょう》を調べたのだろう。

宮崎のことに関してだけは、本当に真摯《しんし》な人だ。

「調べたって言っても、クラス担任に聞いただけだけどね」

「担任……河……河ちゃん先生ですか」

「河見、よ。河見みみこ。人の名前くらいちゃんと覚えなさい」

あなたには言われたくない。ていうか名前、みみこって。

「河見先生と仲いいんですか？」

「歳《とし》も近いしデスクが隣だから、いろいろ相談されるのよ。スミレのこともあるし。今年度に入ってから心労で体重を四キロ落として四十四キロになったらしいわ」

最後のは絶対言う必要ないと思う。

ふと気づくと、先生はじっと俺を見つめていた。

不自然なくらい、まるで顔色をうかがうかのように。

「……なんですか？」

「いんや」

そう返すと、再び河見先生の話になる。

「河見はねえ、生徒思いでいい教師なんだけど、いかんせん思いすぎるところがあるのよねえ。つまりは、遠慮がちなの。もっとこうしてほしいとか、はっきり言えばいいのに」

俺の反応も待たず、先生はペラペラと河見先生のことを語る。

「相手のことばかり考えて、自分のことは二の次。アレね、自分のために傷ついたり、相手の立場が危うくなるのに強烈な抵抗感を抱くタイプ。たまにいるでしょ、そういう子」

俺を見つめるその瞳は、なにかを伝えようとしていた。

「……ああ、いますねえ、そういう人」

先生の口にした人間性には、既知感《きちかん》がある。

それに気づくと同時に、先生の言いたいことがわかった気がした。

「……『そういう人』って、どうしてあげればいいんですかね……？」

尋ねると、先生はテンポよく返答する。

「引っ張ってあげないとダメなの。それをわかっている人が、ね」

最後にひとつ呟いた先生の顔には、悪戯《いたずら》っぽい笑みが浮かんでいた。

「あら、だいぶいい顔色になってるじゃない」

＊＊＊

翌日になると、弥生の行動は一変していた。

宮崎には見向きもせず、クラスの女子グループに交ざっている。

昨日のはやはり気まぐれだろう、そんな空気が教室から感じとれた。

「猫みたいなやつだな、あいつは」

三限後の休み時間、恵成は弥生を眺めながらこう言う。

さらに、恵成の目線が移る。

「そして宮崎さんは、またひとりか」

その先には、窓際の席に座り、ひとりスケッチブックに鉛筆を走らせる少女の姿があった。

「…………」

そういえばここのところ、宮崎と会話していない。

学校ではもちろん話していないし、昨日は約束していなかったので公園でも会っていない。都電に押し込んだ、一昨日《おととい》の夜以来となる。

しめて四十時間ほど。たったそれだけだ。

それだけなのに、こんなにもさみしくなるものなのか。

俺にとって宮崎とは、何者なのだろう。

「……なあ、恵成はどう思う？　俺と宮崎」

言葉の足りない質問も見当はついたのだろう。恵成はやさしい口調で答える。

「弥生の考えが正しいとは、一概《いちがい》には言えないよ。弥生と宮崎さんじゃ性格がちがいすぎる。でも……ごめんだけど正直、俺も不自然だとは思った」

「……そうか」

「ただ俺は、蒼と宮崎さんが教室で話しているの、見たいな。蒼はそうしたいって思わない？」

語りかけるような恵成の質問。

その答えは、言葉はなくとも表情に出ていたのだろう。

恵成が放つ次の一言が、むき出しの心を打つ。

「相手を変えたいって思うなら、まず自分が変わらなきゃ」

「っ……」

恵成はこう言って、照れくさそうに頬をかいた。

「ただまあ、俺から見れば……蒼はとっくに変わりはじめてるよ」

「……どこが？」

「だって、遅刻もサボりもなくなったじゃん。宮崎さんと会うようになったから、なんだろ？」

「………」

「それだけじゃないぞ。宮崎さんの話をするときの蒼は、今までにない表情をしてる。少なくとも俺は、たぶん弥生も、蒼にこんな顔があるなんて知らなかったよ」

「そーね。悔《くや》しいけど、その通りよ」

背後から弥生の声が聞こえた。

「変わってるよ、蒼は。ムカつくくらい」

憎まれ口を叩きながら、弥生は俺の頭をわしわしと撫でる。

よく見ると、小さな変化があった。

「弥生も変わったか……物理的に。美容院にでも行ったか？」

弥生の前髪が、昨日よりも若干《じゃっかん》短くなっているように見える。

するとは弥生は、なぜか忌々《いまいま》しそうにささやく。

「……こっちの気も知らないで」

その意味は、俺にはよくわからなかった。


四限の間、俺はずっと考えていた。

宮崎がスケッチブックに書いた願いと、心の中にあるだろう本当の願いについて。

ちぐはぐで不自然な現状に対する、俺の気持ちについて。

友達になる、ということについて。

自然と、心は決断していた。

「蒼、昼はどうするよ」

昼休みを迎えた教室は、息を吹き返したように騒がしくなる。

「……悪い、恵成。今日は弥生とふたりで食ってくれ」

恵成はハナから快諾《かいだく》することを決めていたかのように、爽やかに笑った。

そうして俺は、踏みだす。

「宮崎」

日の差し込む窓際の席。彼女は弁当箱を開こうとするその手を止め、目を見開いた。

「いっしょに弁当食おう」

宮崎はびっくりしたまま固まっている。

俺は了承を待たず前の席に座り、宮崎の机に弁当袋を置いた。

驚いたのは宮崎だけではないようだ。

クラス中の視線がこちらに集まっている。昨日の弥生にはそんな反応しなかったのに。

「やっぱ目立っちゃったな。ごめん」

やっと状況を呑み込んだか、宮崎は取り乱しながらスケッチブックを広げた。

書いている内容はきっと、俺を咎めるものだ。表情でわかる。

わかるからこそ、俺は宮崎の言葉を待たない。

「迷惑じゃないよ」

スケッチブックに落ちていた視線が上がり、怯えるような瞳に光が差し込む。

「絶対に、迷惑なんかじゃない」

思い出すのは、ずっと心にひっかかっていた、宮崎の言葉。

『島崎くんに迷惑がかかると、私も辛いです』

そんなやさしい壁は、いらない。

迷惑なんて言葉、必要ないんだ。

宮崎は驚きで開いた口をグッとつぐみ、目にたっぷり涙を浮かべる。

いまだ受け入れられず小刻《こきざ》みに首を振りながら、頬を紅《あか》くグラデーションさせていた。

「さあ、食べようぜ宮崎。はらへったー」

周りは今も俺たちに好奇の目を向けている。しかし恵成と弥生だけは、こちらを指差し茶化《ちゃか》すように笑っていた。

じっと固まっていた宮崎は、静かに動き出す。

ページをめくり新たな言葉を書きだす。動揺はなくなったが、頬の紅潮は止まらない。

書き終えると、反転させて俺に見せた。

「えっ、ちっさ！」

ツッコミを入れてしまうほど、そこに書かれていた字は小さかった。

このままでは読めないので、俺は身を乗り出し、スケッチブックに顔を近づける。


「ありがとう」


小さな小さな、世界中で俺にしか聞こえない声が、スケッチブックの向こうから聞こえた。

「っ……」

その深く澄《す》んだ声には聞き覚えがある。

見上げると、スケッチブックから覗くふたつの瞳が、恥ずかしそうに逸《そ》れていった。

前に小花衣先生は、宮崎についてこう述べていた。

「学校など不特定多数の人がいるところでは話せなくなるのよ」

きっとこれは奇跡なんかじゃなく、大いなる前進だ。

ありがとう

俺にはそう思えてならなかった。

「……うん。それじゃ、食べよう」

俺はイスに座り直し、弁当箱を開ける。宮崎も、手を合わせてから箸を持つ。

ふいに涙のこぼれそうな彼女の目が、ちらりと俺を盗み見る。

顔を真っ赤にしながら、頬をふにゃりと緩ませていた。


こうして俺と宮崎は、友達になった。

ただしこの頃にはもう、俺の宮崎への感情は、もっと切ないものへと変わりはじめていた。

この芽が成熟するのは、もうちょっとだけ先の話だ。

二章　恋人になるのに必要なこと

今年の夏は暑くなるらしい。

そんな予報を裏づけるように、五月にもかかわらずなんと三日連続で夏日が継続している。

校内にはすでに夏服の生徒もちらほら見受けられた。

春から夏へ移り変わる空気感を、だれもが感じとっていた。

そんな中、だれより早く夏を体感している人間が、書道室にふたり。

「おら、ちんたらすんな。とっとと回すのだ」

女帝小花衣《こはない》の声に尻《しり》を叩《たた》かれながら、俺はひたすらにハンドルを回す。運動量に比例して、透明のプラスチックコップに粉雪《こなゆき》が降り積もっていく。

事の発端《ほったん》は昼休み、トイレに向かっていたときだ。

どこから調達したのか氷塊《ひょうかい》とかき氷機を担《かつ》いだ先生に捕まったのが、運の尽きだった。

静かな脅迫《きょうはく》の末、俺はかき氷を作るためだけの人間となるのだった。

「はい遅いよ遅いよー。先生もうとっくにかき氷の口だよー」

畳《たたみ》に寝そべりヤジを飛ばす先生。勤務中という自覚はあるのか。

やっとこさ山盛りの氷を積み上げると、女帝はひったくるように奪っていった。

夏の味を堪能《たんのう》する教師を尻目に、俺は自分の分も削《けず》りだす。

「ときに先生」

「なに。口動かしてないでとっとと二杯目を準備しなさい」

どうやら当分かき氷にはありつけないようだ。

それはさておいて。

「俺、宮崎《みやざき》のこと好きになってしまいました」

直後、先生はかき氷を毒霧《どくぎり》のように噴射した。

「うっわ、汚ねえ……」

咳《せ》き込む先生は、恨《うら》めしそうに俺を睨《にら》んでいる。

雑巾《ぞうきん》で畳を拭《ふ》いていると、先生はひとり言のように呟《つぶや》く。

「そりゃあ、スミレを嫌いになる人間なんていないでしょう……」

「いやそういう好きじゃなくて、愛しているの好きです」

先生はゲンナリした様子で、口の端からかき氷だった水滴を落とす。イチゴ味のシロップが、吐血《とけつ》しているように演出していた。

「ああもう拭いたそばから……ほら、足どけてください」

「……なに言ってるの。高校生の分際《ぶんざい》で……」

「本気なんです」

最初に意識したのは三週間ほど前。はじめて教室で、宮崎に声をかけたときだ。

あれからもう何度も昼食をともにしている。公園でも継続して会っている。

宮崎はだれよりもやさしくて、まっすぐで、心の美しい女の子だ。

そんな子を、好きになるなと言うほうがおかしい。

この感情を形容する言葉はもう、恋の他にはありえないんだ。

熱を帯びた沈黙の末、先生から飛び出したのはため息だ。

「いずれこんな日が来るとは思ってたけどね……あんたヘタレだから、まだ先の話かと……」

「すみませんね、そこまでヘタレじゃなくて」

やはりこの人は性格が悪い。もしくは単純に俺が嫌いか、両方か。

「でもそうね……好きにすればいいわ」

それは、少し意外な返答だ。まず間違いなく否定されるものと思っていた。

「ただ付き合うにせよフラれるにせよ、告白するのならひとつ条件がある」

「条件……ってなんですか？」

「スミレの過去をちゃんと知って、その上であの子を救ってみなさい。あの子のなにもかもを背負う覚悟があるのか、自問自答し続けなさい。できなければ、私はあんたを認めない」

ジリジリとした眼光で、先生はそう言い渡す。

そこからわかったのは、やはり宮崎の過去はけして、穏《おだ》やかでないということ。

そしてもうひとつ不可解なこと。救うという言葉の、不透明感。

なにから宮崎を救えばいいのか。尋《たず》ねたものの、先生はそれ以上なにも言わなかった。

＊＊＊

宮崎の過去は気になる。

彼女が苦しんでいるのなら、速《すみ》やかに救いたいとも思う。

ただそれは告白するための条件でもある。

そもそも宮崎の気を惹《ひ》かなければ告白もひったくれもない。この恋、絶対に成就《じょうじゅ》させたいと思うからこそ、慎重に、大切に、歩み寄っていきたい。

ならば今、俺がすべきことは他の何物でもない。

宮崎とふたりきりで出かけるのである。絶対にそうなのである。

かくして俺は今、しゃちほこばっている。

暑い日は続くもまだまだ肌《はだ》寒い春の朝、俺は駅前の広場にいた。

ふいに、ポンポンと肩を叩かれる。

振り向いた瞬間に、心がトキメいた。

『お待たせしました』

そう書かれたスケッチブックを掲《かか》げる宮崎。その恰好《かっこう》は白のシフォンブラウスに薄いピンクのカーディガン、黒のスカートと春らしく、かわいらしい。

俺にとってははじめての、宮崎の私服姿である。

少々見とれていたらしい。気づけば宮崎は、不思議そうな顔をしていた。

「あ、ごめん。私服だなーっと……」

素直に言うと、宮崎は唇《くちびる》をきゅっと閉じ、恥《は》ずかしそうにスカートを握る。

『変ですか？』

「変じゃないよ！　変じゃないっ……なんか、あの……いいと思います……」

かわいいと　心でいくら　思えても　口にできない　ふぬけの春よ　島崎蒼《しまざきあお》
「……じゃあ、行こうか」

俺は宮崎を連れ、すぐ近くのバス停に向かう。

ふたりでバスに揺られること十分足らず、目的の場所に到着した。

宮崎はその建物を見て、目を輝かせる。

「あれ、その反応……もしかして来たことなかった？」

宮崎はふんふんと興奮《こうふん》気味にうなずく。

訪れたのは区立図書館だ。

公園に隣接するそれは、コンクリート打ちっぱなしの建物とモダンな赤レンガ倉庫が一体化していて、趣《おもむ》き深い構造となっている。

「じゃ早速《さっそく》入るか。休日だから、あっという間に席が埋まっちゃう」

いっしょに勉強しようと宮崎を誘ったのは昨日のこと。中間テスト前というこれ以上ない口実があるので、提案するのは楽だった。異様に緊張してしまったが。

そうして手に入れたのが、この幸せな現状である。

午前中はふたりして英語に取り組むことに。優秀な宮崎はすらすらと問題集を解いていた。対して俺は、宮崎に教わりながらのろのろと進む。

本当なら五問に一度は尋ねたいところだが、それは避けた。

なにより、カッコ悪いところを見せたくないのだ。

「…………………」

横を見れば、至近《しきん》距離に彼女がいる。

凛然《りんぜん》と英文に挑《いど》むその横顔に、真新しい魅力を感じた。

きめ細やかな肌、薄いピンクの唇、つるんとなだらかな鼻、影ができるほど長いまつ毛。

みぞおちの奥が、熱くなっているのがわかる。

見つめるほどに愛《いと》おしく、切《せつ》なさに胸が苦しくなる。

刹那《せつな》、その大きな瞳《ひとみ》が俺を映した。

宮崎は微笑《ほほえ》みながら、首をかしげる。俺はとっさに問題集を差し出した。

「わ、わからないところがあって……あの、えーっと、これ！」

ごまかすことに成功し、俺はひそかに一安心である。

勉強会と称して宮崎を誘ったわけだが、ここでひとつ重大な欠陥に気づいた。

勉強に集中できない。


正午を過ぎたので、昼食をとろうと席を立った。

室内の食事スペースは満席だが、テラス席は空《あ》いている。なのでそちらで落ち着いた。

芝生《しばふ》の公園を一望できる席にて、弁当に舌鼓《したづつみ》を打つ。

最近はほぼ毎日いっしょに昼を食べているが、環境も宮崎の服も一線を画《かく》すこのランチは、いつにも増して心が豊かになった。

食後には、またも宮崎が用意してくれたクッキーをいただく。

「ホントうまいのな、このクッキー」

感想を口にすると、宮崎は自分のことのように照《て》れていた。

「うちでも食べたいなあ。これ、どこに売ってるの？」

しかしこの質問に、宮崎は要領を得ない反応を見せる。

こてんと首をかたむけて、ごまかすように笑っていた。

「これ、宮崎ちゃんが作ったんじゃないの？」

クッキーを一枚つまんでいく手が、視界にカットインする。

「弥生《やよい》っ？」

突然現れた弥生は、超然とクッキーを頬張《ほおば》っていた。

「お、おい弥生、せめて一言いってからさ……」

弥生を注意するのは恵成《けいせい》だ。ふたりも勉強しに来たのだろうか。

でも今聞きたいのは、そんなことじゃない。

「弥生、それ本当か……？」

「たぶん。一枚一枚焼き色にムラがあるから、いかにも家庭用オーブンで焼いた感じが出てる。

でもたしかにおいしいわ。もう一枚ちょうだい」

了承も得ず、弥生はまたも一枚、奪っていった。

唐突《とうとつ》なふたりの登場に、宮崎はあわあわとしている。

俺と宮崎は、たまに恵成と弥生も交えて昼食をとっている。

しかし宮崎はまだ、ふたりを前に緊張していることが多いのだ。

「ちゃん宮」

自分が呼ばれたとはわからず、宮崎は戸惑《とまど》いながら弥生を見る。

「これショートニング使った？　もしくはコーンスターチ混ぜた？」

俺には聞き慣れない単語も、宮崎には伝わっているのだろう。ちょっと驚いた様子の宮崎はふるふると首を振る。

「そのへん組み込むともっとサクサクになるよ。まあこいつにはこれで十分だけどさ」

失礼なことを言われた気がするが、宮崎はなるほどと納得していた。

弥生もその表情に、満足そうに笑っている。

でも、そうか。これは手作りだったのか……言われなければ一生気づかなかった。

「それでなに、蒼たちもテスト勉強？」

「ああ。ふたりもか」

「そうそう。蒼と宮崎さん、ここで弁当食べてるってことは早くから来てるのか？」

恵成の問いに、俺と宮崎はそろってうなずいてみせる。

「俺たちもそのはずだったんだけどなあ……弥生が全然起きなくて……」

恵成の咎《とが》めるような目に、弥生は「あたしは昨日から無理って言ってたし」と胸を張った。

「こんな時間に来ても、二席並んでは空いていないんじゃないか？」

「まあ別々の席でもあたしはいいしね」

「それじゃいっしょに来た意味ないだろ……」

相変わらず、恵成の想いは届いていないらしい。

帰りは合わせようと約束し、ふたりとは別れた。俺たちも休憩《きゆうけい》を切り上げ、席に戻る。

例によってときたま集中できない場面もあったが、宮崎のおかげもあり、学生としても有意義な時間を過ごすことができた。

五時を回る頃、弥生と恵成と落ち合い、そろって図書館を後にする。

駅までそう遠くないのでバスは使わず、茜色《あかねいろ》の街を四人で歩く。

「大丈夫かな、宮崎……弥生にいじめられてないかな……？」

数メートル前方で繰り広げられているのは、ガールズトーク。

弥生と宮崎が連れ立って歩いている、それだけで胸騒ぎがした。

「心配しすぎだろ……いくら弥生でも、なあ……」

恵成も口ではそう言うが、表情はどこか自信なさそうだった。

弥生の言葉に宮崎はちゃんと反応し、スケッチブックを織り交ぜて会話している。

だがたまに、宮崎に困った顔をさせているのが気になった。

あと、俺を指差しふたりして笑っているのも解《げ》せない。

「で、結局のところ蒼と宮崎さんは、どんな関係に落ち着いたんだ？」

恵成はこんなことを聞いてくる。

「友達だよ。今のところは」

事実のまま告げると、悪友は意地悪な笑みを浮かべていた。

「絶対おまえらより先に付き合うからな」

「なっ、なんだそれは！」

顔がイラついたので動揺させようとしたわけだが、思いのほか効《き》いたようだ。

恵成はひとつ咳払《せきばら》いし、改めて俺に尋ねる。

「今更《いまさら》失礼なことなのかもだけど……大丈夫なのか？」

その質問に、カチンとこないこともない。だがその気持ちもわかる。

なぜなら俺自身も、しゃべれない彼女を前に、不安がないとは言い切れないのだから。

いろいろ考えたが、思いのまま答えることにする。

「なにが理由かなんてわからないけど、いつの間にかそう思うようになっちゃったからなあ」

さすがに気恥ずかしいので恵成から目を背《そむ》ける。

背けた先には、天使のような横顔を見せる宮崎がいた。

「とにかく俺は宮崎が好きなんだ。絶対に。それだけで大丈夫なんだよ、たぶん」

すると恵成は、無礼なほどに驚いていた。

「そんな熱い蒼が存在するとは……思いもよらなかったな」

今までどう思われていたのか、あまり聞きたいとは思わない。

ただそこまで言われれば、悪い気はしなかった。

＊＊＊

翌週実施されたテストは、宮崎のおかげもあり上々の出来だった。

念入りに教わった英語はなんと前回より二十点も高い。宮崎様々だ。

こうして中間テストはつつがなく幕を閉じたのだった。

「閉じてません」

職員室にて、目の前で小柄な女性が頭を抱えている。

「ははっ、大丈夫ですか先生」

「ははっ、て！　なんで君のほうが気楽そうなの！」

我らが担任河見《かわみ》みみこ先生は、涙目で俺の答案を掲げた。

「なんで世界史だけ赤点なのっ？　なんでよりによって私の担当教科なのっ？」

「いやあ、やっぱ苦手なものは苦手で……」

最近は遅刻もサボりもなかったので、特に呼び出されることもなかった。

しかしまさかこんな形で繰り返されるとは。河ちゃん先生も気苦労が耐えないな。

ちなみに隣の席の小花衣先生は、ちらちら俺を見てほくそ笑んでいる。

「他は良くなってるのに……英語なんて二十点も上がって。どうやって勉強したの？」

「友達に教えてもらっただけですよ」

「宮崎さん？」

肯定すると、河ちゃん先生は「やっぱりー」と言ってほあっと笑う。同時にその背後から、突発的な殺気が向けられた。

「ん、どうしたんですか小花衣先生」

河ちゃん先生が振り返ると、小花衣先生は一瞬にして笑顔を繕《つくろ》う。

「なんでもないのよ、みみこちゃん」

「下の名前で呼ばないでください！」

やはりその名前、あまり気に入っていないらしい。

「それで、なんで宮崎とわかったんですか、みみこ先生」

「島崎くんまで呼ばないで！　もう……最近島崎くん、宮崎さんと仲良くしてるからね」

みみこ先生のその笑みには、安堵感《あんどかん》のようなものも垣間《かいま》見《み》える。

「最近宮崎さんがクラスに馴染《なじ》みはじめてるのも、島崎くんのおかげなんでしょ？」

「いやそれは……元々宮崎はいいやつですし……」

「でも島崎くんが行動を起こした結果でしょ？　どうにもできなかった私からしたら、島崎くんのおかげなわけですよ。だからありがとう、島崎くん。ごめんね」

半ば自虐的《じぎゃくてき》に、みみこ先生は話す。

それを聞いて、少し思い出し笑いをしてしまった。

なるほど、これはたしかに引っ張ってあげないとダメなタイプだ。

「そんなこと言わんでくださいよ、みみこ先生」

「みみこって呼ばないでね」

「先生ができる限りのことをしていたのは、みんなわかってますよ」

はっきり言うと、みみこ先生はうれしいような情けないような、複雑な表情を浮かべる。

そこへ、小花衣先生も入ってきた。

「そうよ、みみこちゃん」

「だからみみこはやめてって」

「多少は自分の功績《こうせき》って思っちゃいなさい。それくらい思ってもバチは当たらないわ。生徒を思って四キロも体重落とすような先生なんだから」

「ちょっと！　生徒の前でそんなっ……」

「四十後半には戻りましたか？」

「なんで私の体重知ってるの島崎くんっ？」

生徒と同僚のまさかの連携《れんけい》に、みみこ先生は戦々恐々《せんせんきょうきょう》とするのだった。

「そんなに息ぴったりで……小花衣先生と島崎くん、いつの間に仲良しに……」

「ねえよ」「それはないっす」

「えっ、ご、ごめんなさい……？」

教室に戻ると、窓際で珍《めずら》しい光景が広がっていた。

宮崎の席を女子三人が囲っているのだ。

よく見れば中に弥生がいる。きっと弥生の友人たちも、つられて歩み寄ったのだろう。

宮崎はかちかちに緊張していて、たどたどしい感じなのが見てわかる。

それでもそこにいる四人はみんな、ちゃんと笑顔だった。

「…………」

充足感とはこういう気持ちを言うのかもしれない。

俺と宮崎が友達になり、弥生も友達になり、弥生を中心にクラスに馴染もうとしている。

願っていたことが、次々に現実のものとなっているのだ。

あとはこの恋心が報《むく》われれば、なにも言うことはない。

「んなっ！」

思わぬ事態を目《ま》の当たりにし、変な声が飛び出した。

あろうことか女子四人の中に、野郎が一匹紛《まぎ》れこんだのだ。宮崎の隣の席の武田《たけだ》である。

それはイカン。いかんともイカンぞ武田。

「なんて顔してるんだ蒼……」

見かねた恵成が呆《あき》れた顔で近寄ってきた。

「ぐぬぬ……武田、あと一歩でも宮崎に近づいたら許さんぞ……」

「みみっちいな……そんなおまえ見たくなかったよ」

歯を食いしばる俺を前に、恵成はどこか余裕ありげに諭《さと》す。

「片想いの先輩であるこの俺が忠告するがな……」

なんて悲しい先輩風だろう。

「女の嫉妬《しっと》はかわいいが、男のはダサいだけだぞ。余裕を持っている方が、男ってのは……」

「あ、弥生が武田の肩叩いて笑ってるぞ」

「よしいいぞ弥生……そのまま脱臼《だっきゅう》させろ……っ！」

そんなおまえ見たくなかったよ、恵成。


弥生などと仲を深めている宮崎だが、公園での会は今まで通り続いている。

宮崎とふたりきりになれる貴重な時間なのだ。弥生や恵成に教えるのは、惜《お》しいと思った。

というか教えたら弥生あたりは絶対に特攻してくるし。

ところでそんな会合は、けして毎日行われているわけではない。

俺にももちろんだが、宮崎にも予定がある。

主には家事。同居人がズボラなため、ほぼ宮崎がこなしているようだ。

また同居人ほどではないが、宮崎にも書道の心得《こころえ》があるらしい。週に数日、書道に集中する日を設定するくらいには、熱心に取り組んでいるようだ。

さて、本日は残念なことに書道日。

HRを終えると宮崎は、ひらひらと手を振って帰っていった。

「初々《ういうい》しいねえ」

直後、軽薄《けいはく》そうな声がかけられた。弥生だ。後ろには恵成もいる。

「ええのかい、少年。短い人生、生き急がなくて。女体《にょたい》を目に焼きつけなくて」

「なに言ってんだこいつは？　なあ恵成」

「はい！　めっちゃ焼きつけたいです！」

「おまえもなに言ってんだ？」

「蒼よ、あたしにそんな口をきいていいのかな……？」

意味深な口調でそう言うと、弥生は鞄《かばん》からなにか取り出す。

それは、オールシーズン開園している大型プール施設のチケットだ。

「ママが仕事のツテでもらったんだって。これが四枚ある。もう、わかったな？」

「四枚……ま、まさか……」

震える俺を前に、弥生は溜《た》めに溜めて言い放つ。

「そう……あたしと蒼と宮崎ちゃんと恵成の四人で行くんだ――っ！」

「「ひゃっほ――――っ！」」

俺もあっという間に、アンポンタンの仲間入りを果たすのだった。

「そんなわけで今週の土曜、プール行くぜ野郎ども！　宮崎ちゃんの水着が見たいかーっ！」

「見てえ――――」

こうして、ドキドキプール計画は開始された。

宮崎とのはじめての遠出。しかもプール。これが楽しみでないわけがなかった。

＊＊＊

待ちに待った土曜、約束の日がやってきた。

俺たち四人はだれひとり漏《も》れることなく、郊外にあるプール施設に向かっている。

「いやーいい天気になってよかったなー」

「なに言ってんの恵成。屋内プールも充実してるんだから、天気なんて関係ないでしょ」

「いやいや弥生、どうせなら全施設楽しみたいじゃん。なあ、宮崎」

尋ねると、隣の宮崎もこくこくとうなずいて同調する。

断られるかもと不安だったが、宮崎は誘いを快《こころよ》く受けてくれた。

よって計画は問題なく実行されていた。ただ一点を除いて。

「梅雨《つゆ》入りしたのにこの晴天。スミレの日頃の行いだねえ」

現在俺たちは自動車にて、プールを目指している。無論俺たちに免許はない。

では運転手はだれか。正解は、不良教諭である。

「……なんで小花衣先生もいるのよ、蒼」

「知らねえよ。俺も驚いてんだ」

「おい後部座席ふたり、聞こえてるぞ」

朝、待ち合わせ場所には一台の小型乗用車と小花衣先生、そして気まずそうな宮崎がいた。

そうしていつの間にか俺たちは、高速を走っていたのだった。

『すみません。いっしょに行くと言って聞かなくて』

「いや、わかってるよ宮崎。だいたい想像はつく」

最近気づいたのだが、先生はかなりの過保護だ。きっと強引に押し切ったのだろう。

すると助手席に座る恵成が、安穏《あんのん》な意見で場を収めようとする。

「でも移動費は浮いたじゃん。感謝しなきゃだよ」

「実に素晴らしい主張ね。前々から君の有能さはわかっていたよ、上林《うえばやし》くん」

「上原《うえはら》です……」

たしかに、安いわけでない電車賃が浮いたのは助かる。

ただこの状況、個人的には歓迎できない。ダブルデートのはずが教員同伴《どうはん》なんて、トキメキ成分が薄められてしまうではないか。

「でも……宮崎さんと先生が親戚《しんせき》で、いっしょに暮らしてるなんて……びっくりだな」

「あ、それはあたしも思った。よく隠せてこれたね、菫《すみれ》」

このように、いつしか弥生は宮崎を名前で呼ぶようになっていた。

そのせいか、弥生と話すときの宮崎はいまだおどおどしているものの、俺には見せない顔を見せているような気がする。

宮崎のその変化は、少なからずうれしく思う。

けれどやっぱり、『すみれ』とは俺が最初に呼びたかった。


更衣室《こういしつ》前にて、俺は半裸《はんら》の男とともにそわそわしていた。

「遅いな。水着になるのにどれだけかかってるんだ」

「女子更衣室ってのはな、時空がちょっと歪《ゆが》んでるんだよ、蒼。時の流れが遅くなってるんだ」

「そうなのか。一体なにが時空間を捻《ね》じ曲げているんだ？」

「恋だね。膨大《ぼうだい》な劣情が霊子《りょうし》となり、四次元空間に干渉《かんしょう》しているんだ」

「SFだな。あとおまえバカだな」

恵成とのアホな会話で脳細胞を腐敗《ふはい》させていた、そのときだった。

「だーれだ」

俺の両目が何者かの手で覆《おお》われる。

驚いたが、古典的なこのイタズラには重大な欠点がある。

「弥生だろ」

この声は間違いなくやつである。第一こんなことする人間、ひとりしかいない。

確信めいた予想でもってその両手首を握り、振り返る。

かわいい。

「…………………」

背後から俺の目を覆っていた宮崎。その瞳は、俺の視線から逃げ惑《まど》う。

白《しろ》い顔《たえ》から首元まで真っ赤に染まり、露出《ろしゅつ》した羽のような肩はきゅっと縮《ちぢ》こまっていた。

白妙の　水着の裾《すそ》から　臀部《でんぶ》かな　島崎蒼
スパーンッと、鞭《むち》でしばかれたような衝撃が後頭部に走る。

「いつまでそうしてるのかな……島崎くん……？」

見れば俺を打ち叩いたのは、サングラスをした水着姿の小花衣先生だった。

「あっ！　ご、ごめんっ！」

慌てて宮崎の手首を離す。宮崎は口をぱくぱくさせていた。

いきなり水着姿の宮崎が目の前に現れたこと、宮崎がかわいすぎたことが原因で、俺は長いことフリーズしていたらしい。

宮崎の両手首を握ったまま、時間を忘れてしまっていたのだ。

「ごめん宮崎っ……、じ、時空が歪んで……」

「どんな言いわけだ。菫、こんなの放っておいて早くプール行こう」

ニヤニヤしながらそう言って、弥生は宮崎の手を取りプールサイドへ向かう。

「弥生に一杯食わされたな」

同じくいやらしい笑みを浮かべながら、恵成が俺の肩を叩く。

「恋だね」

グーで殴った。

宮崎の水着は青を基調としたワンピースで、色白な彼女には抜群《ばつぐん》に似合っていた。露出は少ないが、覗《のぞ》く太ももや二の腕は穢《けが》れが落ちそうなほどに眩《まぶ》しい。

ちなみに弥生はフリルタイプのピンクのビキニ、先生は大胆《だいたん》な黒のビキニだが、パーカーとパレオを着込んでいた。

女性陣の水着姿に心の中で喝采《かっさい》する俺だが、宮崎への注意も忘れない。

「宮崎、ぜっっったいに、俺たちから離れるなよ」

気圧《けお》されながらも、宮崎はおずおずとうなずく。すると先生も俺に加勢してきた。

「できるだけ複数人で移動しなさい。なおかつこの男ともふたりきりにならないこと」

どうやら俺も信用されていないらしい。

プールといえばナンパ。夏前で客の数は多くないが、軟派《なんぱ》な野郎は必ず存在する。そんなのがしゃべれない宮崎に言い寄ったら大事《おおごと》だ。

「スケッチブックもないしね。あたしからは離れないように。わかった？」

弥生は宮崎の肩を抱き、男らしい表情で微笑む。

宮崎はじんわり頬を赤らめ、いじらしい笑みで返していた。

あれ？　なにか思わぬベクトルでロマンスが発生していませんか？

プールサイドで寝ていたいという先生を置いて、俺たちはプールへ向かう。

体温よりも少し冷たい水の心地よさに、そろって笑みをこぼす。浮き輪に身を委《ゆだ》ねる宮崎も、たえず頬を緩《ゆる》めていた。

水をかけ合い、追いかけっこし、なんでもないような遊びに興《きょう》じる。

そのすべてを宮崎と共有しているだけで、夢のようだった。

時間が過ぎるのはあまりに早く、気づけば正午を大きく回っていた。

そこで先生と合流し、レストランで食事をとることに。

「そろそろ、スライダーですかね？」「攻めるか、スライダー攻めるか」

恵成と弥生は、こんな話題を真剣に繰り広げている。

先生は、カレーとロコモコとラーメンという謎の食べ合わせで腹を満たしていた。けっこう前からわかっていたが、この人なかなかの腹ペコキャラらしい。

宮崎はそんな彼らをにこにこ眺《なが》めながら、ロコモコを幸せそうに食べている。

宮崎が楽しそうでうれしい。これは間違いない。

だが惜しむらくは、宮崎と一切《いっさい》それらしい雰囲気《ふんいき》になれないことだ。

午前中、ふたりきりになりたいと何度も思ったが、その度《たび》プールサイドからの教育的視線が邪魔をしてうまくいかなかった。

ふと、弥生が俺の腕を肘《ひじ》でつつく。なにか意味深な笑みを向けていた。

「あたしに任せな」とのことらしい。


果たして俺と宮崎と弥生は、先生の目から逃れることに成功した。

策はこうだ。まず俺たちとともに先生もスライダーの列に並ばせ、その途中でお花を摘《つ》みに行きたいと弥生は宮崎を誘い、ボディガードに俺もついて行く。

ただそれだけだったが、思いのほかうまくいった。

弊害《へいがい》として恵成が先生とふたりきりになっているが、まあ大丈夫だろう。

「お待たせー」

トイレから出てきた宮崎と弥生を迎え、列へ戻る。

弥生はこの後、気づかれぬよう計画的にはぐれるつもりだそうな。

隣を歩く宮崎には目に映るすべてが新鮮らしく、瞳には落ち着きがない。

さて、ここからどのような話題で展開していくか。俺は悶々《もんもん》と思案する。

だがそのさなか、事態は思わぬ方向へと転びだす。

「あ、宮崎そこ段差……」

お節介《せっかい》かと思ったこの発言。むしろ、言うのが遅かった。

足を引っかけた宮崎。真っ先に反応してしまったのは、その口だった。

「きゃっ」

すんでのところで俺はその肩を摑《つか》み、転ばさずには済んだ。

しかし宮崎はとっさに口を押さえ、顔を青くさせる。そして怯《おび》えるように、振り返った。

そこに、弥生はいなかった。すでにはぐれていたようだ。

「……弥生に聞かれては、いなかったな……」

見ればその白い肌には、尋常《じんじょう》じゃないほどの汗《あせ》が浮かんでいた。

あれほど楽しげにしていた宮崎が、たったひとつの行動で、病的なまでに取り乱している。

声を上げる、なんてごく普通のことをしただけで。

理由は明白。いまだ宮崎は、弥生や恵成には十文字のことを明かしていないのだ。

「…………」

友達になったからといって、必ずしも秘密を明かすことはない。

なにより俺が知ったのも、偶発的な事故が原因なのだから。

ただじゃあ宮崎は、もしもあのとき声を漏らさなかったら、俺にもずっと隠しておくつもりだったのだろうか。

そんなの、彼女にとって絶対に苦痛になる。

俺なら、ひとりでもいいからわかっていてくれる友達がほしいと、そう願うはずだ。

「……宮崎。あのさ……宮崎のクッキー、本当においしいよな」

突然の話題転換に、宮崎はぽかんとしている。

嫌みにならないよう遠回しにアプローチを試《こころ》みるも、これが存外難《ぞんがい》しい。

「宮崎の作ったものって知ったとき、すごいうれしかったよ……本当に。でも……ほんの少しだけ、寂《さび》しくもあったんだ」

宮崎は寝耳に水といった様子で、俺を見つめている。

「最初から宮崎が自分で作ったって言ってくれれば、もっとうれしかったと思う」

宮崎にしてみれば、お礼を言われるために作ったわけではないのかもしれない。

でも……言ってくれたほうが俺は絶対に、うれしかったんだ。

「伝えたほうがうまく回ることって、思っている以上に多いと思うんだ。だから……なにが言いたいかというとだな……」

いまだ宮崎は、俺の真意を摑めず困惑《こんわく》している。

結局俺は、これまでの回りくどい表現を無にする、まっさらな本音を口にしたのだった。

「俺は宮崎のこと、ちゃんと知りたいんだ。今のことも……昔のことも」

これで伝わったのだろう。宮崎はハッと気づいた素振りを見せる。

「……ていう話。ごめん、勝手な押しつけだな。でもいつか宮崎が許してくれるなら……」

瞬間、宮崎が不思議な動きをしだした。

右手の親指と人差し指の先端をくっつけ、ぐいっと俺に見せつけてくる。

「え……な、なに？　なにか捕まえたの？」

ちがうようで、宮崎は大仰《おおぎょう》に首を振った。

今度は両腕を天高く上げ、両手の指先をくっつけている。なにかのジェスチャーだろうが、あまりにかわいくて考察に集中できない。

「……あっ！　丸ってこと？　オッケーってこと？」

宮崎は何度もうなずく。それには俺も驚きを隠せなかった。

「宮崎、そんな即答しなくてもいいんだぞ？　俺は長い目で見た提案のつもりで……」

「私も、不安でした」

「……え」

それは、宮崎の声だ。

まだ声を聞かれるのは恥ずかしいのだろう、見れば彼女は唇を震わせていた。

声の続きは、口の形のみで伝達する。

『だから、ありがとう』

その顔色に恐れは薄く、人懐《ひとなつ》っこい笑顔が俺の瞳を迎えた。

「……うん、わかった。ありがとう、宮崎」

ひとつの声と表情で、俺たちは大切な想いを共有することができた。

思い描いていたふたりきりの時間とはちがう。水着でする話でもない。

だが俺と宮崎はたしかに一歩、歩み寄ることができた。

「でも……これはびっくりしたなあ」

先ほどのオッケーポーズを再現すると、宮崎はボッと顔を上気《じょうき》させる。恨《うら》めしそうに、俺の脇腹《わきばら》をべしべし叩いた。

宮崎はしかめっ面《つら》で、スライダーの方角を指差す。

「ああ、そうだな。そろそろ戻らないと……うむ」

再びオッケーポーズを敢行《かんこう》すると、今度はグーが飛んできた。

やっぱり宮崎は面白《おもしろ》くて、かわいい。


「弥生、なにはぐれてんだよ」なんて小芝居《こしばい》をしながら列に戻ると、三者三様の顔が出迎えた。

下世話《げせわ》な笑顔の弥生と、なぜか疲れきっている恵成。

そして憤怒《ふんぬ》を押し殺す、静かな微笑みの小花衣先生。

妙な空気感のまま、五人はウォータースライダーを滑り降りたのだった。

その後も俺たちはいろんなプールを回り、これでもかと満喫《まんきつ》する。

宮崎にも変わった様子はなく、存分に楽しんでいるように見えた。

「やってくれたわね」

そんな声が背後から聞こえたのは、トイレに行くためみんなから離れたときだ。

振り返れば、スタイル抜群のビキニ教師がいた。

「ふたりで列抜けて、なにをしていたの」

プールサイドで張りつめる緊張感。太陽よりもギラつく先生の眼光。

しかしながらこの機会は、むしろ都合が良かった。

「大事な話をしました」

先生は眉間《みけん》にしわを寄せ、「大事な話、とは?」と聞く。

「宮崎の過去を教えてください。宮崎から了承はもらいました」

すべてを集約したこの二言に、小花衣先生は驚くというよりも決まりが悪そうな顔をした。

＊＊＊

プールへ行った日から二日後の放課後、俺は書道室に向かっていた。

宮崎とともに。

「……いいんだぞ、宮崎まで来なくても」

彼女は首を振り、歩きながら器用に書きこむ。

『私の話ですから』

「……そっか」

書道室に到着する。扉を開くと、先生がすでに待ち構えていた。

「鍵《かぎ》、閉めておきなさい。念のため」

俺は言われた通り扉を施錠《せじょう》し、畳にあがる。

「覚悟はあるの？」

小声で、でも強い語気で、先生は俺に問う。

端でお茶を用意している宮崎には聞こえていないようだ。

「覚悟なんて、とうの昔にできてます」

俺はその鋭利《えいり》な目を正面から受け止め、放さない。

宮崎が緑茶を運んでくると、互いに視線を逸《そ》らす。

窓の外には、晴れるとも降り出すとも言い切れない、優柔不断な雲の海が広がる。

先生が重い口を開いたのは、雨水が窓を叩きはじめた頃だった。

それまでの宮崎は、どちらかといえばおとなしい子だったらしい。

静かだが、友達が少ないわけではなかったとか。

ただし家庭では逆におしゃべりなほうだったという。年に数度会っていた小花衣先生には、よくしゃべる子との印象を与えていたほどだ。

そんな少女の人生が変貌《へんぼう》したのは、小学四年の夏休みのことだった。

家族三人で行った動物園の帰り、宮崎の乗った車は横転したトラックの下敷きとなる。運転席と助手席にいた両親は致命傷を負った。

ただ後部座席にいた宮崎は、幸いかすり傷で済んだという。

しかし目に見えない傷は確実に刻《きざ》まれた。閉じ込められた車内にて冷たくなっていく両親を目にし続ける数時間は、幼《おさな》い彼女の心を壊すには十分だったのだ。

「ひとまずこれが、スミレを襲《おそ》った事故の概要《がいよう》」

「………………」

話が終わっても、言葉は出なかった。

心中は「そんな悲劇が本当にあるのか」という気持ちが先行している。

覚悟はしていた。だが真実として、受け入れ難い。

「……それが、宮崎がしゃべれなくなった原因ですか……」

「いや。厳密にはちがう」

見れば先生の表情は、まだ緩んでいない。

宮崎も、感情をひた隠しにする笑みを浮かべたままだ。

「事故のトラウマからスミレは極端に口数が少なくなった。けどまだ話そうと思えば話せた」

「え、じゃあなんで……？」

「天涯孤独《てんがいこどく》となったスミレを、祖母の家に預けたのが、間違いだったの」

あくまで説明口調だった先生だが、ここで感情がこもりはじめる。

「転校先でスミレは、事情も知らないガキどもにいじめられだした。無口だとからかわれて、たまにしゃべれば変な声だと笑われた。それが中学まで続いたわ」

「そ、そんなの大人がどうにか……」

「あんたは知らないかもしれないけどね、先生と名乗る者すべてが河見のように、心から生徒を想える人間ってわけじゃないの」

「そんな……」

小学生くらいの頃はみな、だれだって愚《おろ》かだ。

でもこれは、そんな安直な理由では片付けられない。

それが原因で宮崎は現在でも、話しかけられるだけで挙動不審《きょどうふしん》になる。

そこにあった小さな悪意と無関心が、ずっと宮崎を苦しめてきたのだ。

「そこにとどめを刺したのが、クソババア」

おそらく宮崎を引き取った祖母のことだ。

「アレくらいの年代のやつは、トラウマとか精神疾患をすべて心が弱いなんて解釈でくくろうとするの。想像できるでしょ、この恐ろしさが」

話すごとに、先生の口調は荒くなっていく。

「無口なのも、いじめられるのも、全部あんたが弱いから。努力しろ、根性を見せろ。スミレが相談する度に、ババアはそう怒鳴りつけた。つまりその頃のスミレには、家にも学校にも、どこにも安らげる場所なんてなかったの」

それが宮崎の祖母にとって、正しいことだったのだろうか。

それこそが善意だったのだろうか。

「そしてついにはあのババア、言ってはいけないことを言った。スミレに、両親が死んだのはあんたのせいだ、と言ったのよ」

思わず息を呑《の》んだ。瞬間、頭の血が熱を帯びる。

「そんなわけ……っ！」

「ないわ、あたりまえよ。でもあの老害は、はっきりそう言ったの。それをきっかけにスミレは完全にふさぎこんでしまった。そうして気づけば、声が出なくなっていた。後は前に話した通り。特定の条件下でのみ、十文字という制限でしかしゃべれなくなった」

これが、宮崎に起こったすべて。

不運などではない。人間の悪意や闇《やみ》で助長された、悲劇だ。

「不幸中の幸いでしょうね。スミレが中学三年の冬、ババアは死んだ。そこで私が引き取り、東京に連れてきたってわけ」

見ると宮崎が先生の服をくいくい引っぱっている。

『おばあちゃんのことそんな風に言っちゃダメ』

そう書き示す宮崎に、先生はふんと鼻息を放った。

そんな仕打ちを受けたのに、宮崎は祖母を恨んでいないのだろうか。

「これで話は終わり。……スミレ、ちょっと外の空気吸ってきなさい」

先生の言葉に宮崎は首をかしげた。その顔はまだ、平静を装っている。

「平気なわけないでしょう？　ほら、これでジュースでも飲んできな」

先生が五百円玉を手渡すと、宮崎は迷った末、言われた通り書道室を出て行った。

一度だけ、俺の顔色を確認して。

「……どう、島崎蒼。満足？」

宮崎が出て行った途端《とたん》、先生は態度を変えた。

「興味本位で聞いたわりには、重かったんじゃない？」

「興味本位じゃありません」

「じゃあなんで聞きたいと思ったの？」

「宮崎を、知りたいと思ったから……」

「スミレと乳繰《ちちく》り合うための段取りとして、聞きたかったんじゃなくて？」

「ちがいます」

激しく視線をぶつけ合い、書道室に重い空気が立ちこめる。

そんな雰囲気ではあるが、俺には先生に、どうしても聞かなければならないことがあった。

「先生、あの……宮崎が十文字だけ話せることを隠しているのって……」

言い切るよりも早く、先生は冷たい口調で答えた。

「間違いなく、過去のいじめが原因ね。声を聞かれるということに恐怖を感じているのよ」

「そう、ですよね……」

理屈はわかる。でも感情的には納得できなかった。

では先生以外でただひとり、秘密を知っている俺はどうすべきなのだろう。

俺が宮崎のためにできることはなんだろう。

そんなことを考える俺を見て、先生は落ち着いた声色《こわいろ》で呟く。

「……事故の話だけど、補足があるわ」

そう言って先生は、窓の外に目を向ける。

「スミレは本当に、事故の原因は自分にあると思っている節《ふし》がある」

「えっ……」

「事故の直前、後部座席に座っていたスミレは両親にわがままを言って困らせていたんだって。それが結果的に父親の不注意に繋《つな》がったと、スミレは考えている。自分の『声』があったから、両親を殺してしまったと思っているの」

「そんなの関係ないんじゃ……トラックが横転したのなら、避けられる事故じゃ……」

「そうね。でもあの子はまるで取り憑《つ》かれたように、そう思い続けているのよ。特に事故直後は酷《ひど》かった。食べ物さえ受けつけず、どこまでも自分を追い詰めていたわ」

「……おかしいでしょ」

正直な気持ちが声となって漏れる。それに対し先生は、淡々《たんたん》と返した。

「そう思うなら、やるべきことはひとつよ」

＊＊＊

先生とは書道室で別れ、俺と宮崎はともに校門を抜けた。

雨の止《や》んだ茜色の雲は薄く、高く、迷子のように漂っている。

宮崎が俺の肩を叩く。彼女が指差すのは、いつもの公園だ。

「……寄ってく?」

申しわけなさそうな顔で、宮崎はうなずく。

俺たちの足は自然と青い屋根のあずま屋に向かった。

「え、くれるの？」

ベンチに座るや否《いな》や、宮崎はパックのイチゴオレを差し出す。もう片方の手にも同じ商品を持っていた。おそらく先生の五百円で買ったのだろう。

ありがたく受け取り、ふたりでわざとらしい甘さに浸《ひた》る。

宮崎はスケッチブックを取り出し、なにかを書きはじめた。

『フクロウって、見たことありますか？』

「フクロウ？　ない、かな」

宮崎はスケッチブックを次々にめくり、あるページをひっくり返して見せてくれる。

そこにあるのは言葉ではなく、絵だ。

「おお、フクロウ。うまいな」

宮崎は照れも謙遜《けんそん》もせず、ただ微笑んでいる。

これが噂《うわさ》の、フクロウの絵か。

『このフクロウが、夢に出るのです。あの事故の直後から、ずっと』

「え……」

『事故の前に行った動物園で見たからだと思います』

『小学生の私ははじめてフクロウのその瞳を見て、直感的に怖い、と感じました』

不自然なほど冷静に、宮崎は書き続けている。
『夢の中でこのフクロウは私に語りかけます。でも、私はそれが聞き取れません』
『フクロウは私の肩に飛び乗ると、その羽が私の喉《のど》に触れます』
『そこで私は目を覚ますのです。この夢を、もう何度も見てきました』
一心不乱にペンを走らせる宮崎。
『きっとこのフクロウが毎日、私の声を吸い取っているのです』
『はじめの頃は私のしゃべる気力を奪い、今では十文字だけ残して、すべて』
『でも不思議なことに、その夢を怖いと思ったことはありません』
『そういうものだと私自身、理解できているからなのだと思います』
「宮崎……」
『おかしな話をしてしまいましたが、つまり私が言いたいことはひとつです』
『私はすべて受け入れています。なので心配しないでください』
ここまでが、宮崎の伝えたかったことらしい。書き終えると彼女はおじぎで締めた。
うまくは言えないけれど、俺にはそれが正しいとは思えなかった。
「……宮崎はもしかして、事故の原因が自分にある、って思ってる？」
踏み込んだ質問をしたつもりが、宮崎はわずかに眉《まゆ》を揺らす、ただそれだけだ。
『この前見たと思いますが、私は今、普通に車に乗れています』

『アレだけの事故の当事者なのに、車に対しての恐れはありません』

プールに行ったときのことだ。たしかに、そんな雰囲気はなかった。

『何度も言いますが、受け入れているからなのです』

『罪もトラウマも、声を代償《だいしょう》に受容できるのです』

「なっ……！」

俺は迷わず、待ったをかけた。

「ダメだよ、宮崎っ……罪だなんて、そんなの……」

それではまるで、中学時代のいじめや祖母の間違った教育、声を失うという悲劇、その理不《りふ》尽《じん》のすべてが贖罪《しょくざい》だと言っているようなものではないか。

宮崎はなんの罪も犯していないのに。

「よく考えよう、宮崎。そんなの両親は……」

「大丈夫なのです」

宮崎は文字でなく声で、その感情を示す。

彼女は見紛《みまが》うことなく、笑顔だった。

『急に声を出してすみません。でも本当に、私は大丈夫です。それでいいのです』

『そろそろ帰ります。送っていただき、ありがとうございました』

そして宮崎は最後、少し照れくさそうにこんな言葉を残していった。

『これからも、今まで通りに接していただけたなら、私はすごく嬉《うれ》しいです』

ひとりベンチに残された俺は、数分の間立ち上がる気力を失っていた。

三日月が輝く夜空の圧迫感が、夕飯の準備をせねばと思い立たせる。

イチゴオレの甘ったるい風味は、しばらく口に残っていた。

＊＊＊

帰宅すると、玄関に珍しいヒールを見つけた。

「今日はやけに早いな」

ダイニングテーブルに突っ伏す母は、俺を見つけるなり恨めしそうな声を上げる。

「蒼くんはやけに遅いじゃない……ごはんあると期待して帰ってきたのに……」

「自分で作ればいいじゃん……どうしたんだ今日は」

「プロジェクトがひとつ片付いたから、とっとと帰ってきたの。いいからごはんー」

人参《にんじん》スティックを口にねじ込むと、「しんせーん」とよろこんでかじっていた。

数十分後、炊飯器《すいはんき》が鳴くと同時に夕食となる。

「蒼くんはなんで遅かったのよ」

スウェットに着替えた母は、ポークソテーを口に運びながらこんなことを尋ねてくる。そのくせ答えを聞く間もなく、勝手に興奮しだした。

「彼女？　ねえねえ彼女？」

「……ちがうって」

「え、ちょっと待ってなにその間。本当、本当なの？　うひょー」

アルコールが入っているためか、いつにも増してやかましい母である。

「そうかー、最近ちゃんと学校行くようになったのはそのせいかー」

「だからちがうって」

「そういやこの前、弥生ちゃんのママに会ったわ」

「話飛ぶなあ」

マイペースな母はこうしていつでも話の主導権を握る。

そのためふたりしかいないこの家庭を、寂しいと思ったことはなかった。

「……あのさ、父さんって、どんな人だったの？」

その問いかけに、母さんはビールで赤くなった顔を緩ませる。

「んー、性格はね、けっこう蒼くんに似てると思うよ」

「例《たと》えば？」

「どうでもいいところで真面目《まじめ》だったり、気にしいだったり。顔は私似だけどねー」

両親が離婚したのは、俺が三歳の頃だった。

母さんや祖父母の話を聞く限り、険悪な別れではなかったらしい。ともに仕事人間であったために、自然とほころんでしまったとか。

父親が亡くなったのは、その翌年のことだった。

俺にとって父とは、写真と墓石でしか認識できない存在なのだ。

こうして考えると、どうしても気づかされる。

俺と宮崎の境遇は少し似ているようで、やはりまったく異なっていた。

「お父さん、ほしかった?」

その問いには、どう答えればいいかわからない。

ひとまずはハリボテの否定を口にしておいた。

＊＊＊

宮崎の要望通り、俺たちはなにも変わらなかった。

いっしょの昼食も、弥生や恵成も交えての雑談も、公園での時間も今まで通り。

宮崎の考え方はやはり理解しがたい。ただ話が話なだけに、なりふり構わず否定なんてできなかった。

宮崎が声で表すほどの抵抗、もしくは覚悟なのだから。

そうして俺はいつしか、宮崎の望む平凡《へいぼん》な日常を受け入れていた。

半端《はんぱ》な俺の中にあった愉快《ゆかい》ではない感情は、薄れはじめていたのだ。


本日の書道室は、これまでにはない幽玄《ゆうげん》な香りが漂っていた。

「うおお……本当にうまいんだな、宮崎……」

体操服姿で筆を持つ宮崎は、手をぶんぶん振って否定する。

俺は今、書道ガール宮崎の作品制作を見学していた。

きっかけは俺の軽い発言だった。書道の話題になった際、「見てみたい」なんて漏らした俺を宮崎が誘ってくれたのだ。

しかし蓋《ふた》を開ければ、宮崎の書は想像を遙《はる》かに超えていた。

「うまいというか……すごいな。まさに芸術って感じ？」

俺の知る書道はとにかく端正《たんせい》な字、とあくまで習字の延長でしかなかった。

だが宮崎の表現する文字には、スケッチブックの上に広がるお手本のような字とはちがう、また前に見た小花衣先生の作品とも異なる独特な個性美がある。

これぞ華麗《かれい》なる造形芸術、といった書であった。

「スミレの感性は特別でね、女子高生書家として業界ではそこそこ名が知られているのよ。去年も二つの書展で入賞しているし」

同席している小花衣先生は鼻高々で説明する。

「すごいな宮崎……そんな雲の上の住人だったのか」

心のままに述べるも、彼女は空も飛べそうな勢いで首を振るのだった。

宮崎は再び、まっさらな半紙に向かう。

その瞳にはもう白と黒しか見えていないようだ。

自意識の世界に埋没する彼女の姿に、俺は敬意を越えた畏怖《いふ》を覚えた。

不謹慎《ふきんしん》だが、声を制限された少女の書というのはひどく胸に響く。

俺には彼女の書く文字が、どんな言語よりも、どんな絵画や彫刻よりも美しく感じられた。

五時を知らせるベルが聞こえたところで、今日は切り上げることに。

宮崎は筆を洗いに行ったため、小花衣先生とふたりきりになる。

「スミレは最近どう？」

先生にしては毒気の足りない口ぶりである。

「楽しそうですよ。弥生やその友達といっしょにいるところもちょくちょく見ますし」

「あんたとはどうなの？」

「俺とも、まあ変わらずですけど……これまで通りです」

「そう。それはよかったわね」

妙な様子の先生だが、怒っているわけではなさそうだ。気になるのは、その目が俺を捉《とら》えることなく、窓の外にばかり向けられていること。

万物《ばんぶつ》を突き通しそうな眼光も、今は懐《なつ》かしい。

「……見込みちがいだったようね」

「え？」

蚊《か》の鳴くような声だったが、聞き逃すことはなかった。

でもその意味はわからない。

聞き直そうとしたが、まさにそのとき宮崎が戻ってきてしまった。

結局問いただせないまま、俺は宮崎とともに下校する。

中途半端な時間であるため、校門をくぐる生徒の姿は見受けられない。と思いきや、先行く生徒をふたり見つけた。

その男女は、なにやら慎《つつ》ましくない距離で並んでいる。

するとふたりはなんと腕を組みだし、あげくの果てにはチュッとしおった。

思わず「わお」と漏らすと、宮崎も気づいたようで途端に頬を染める。

仲睦《なかむつ》まじいのはいいが、見せつけるのはよしてほしい。

ほらもう、変な空気になってしまったではないか。

「……あれはアカンよな。腕組むだけならまだしも……」

格式張った意見を提示してみると、宮崎はビクッと反応し、書き込む。

『さもありなん』

なぜ古語？

ふいに、そのスケッチブックへ水滴が落ちてきた。それを皮切りに続々雨水が襲ってくる。

ちょっと無視できない勢いだった。

「やば、傘《かさ》ないぞ俺」

宮崎は、慌ててカバンから折り畳《たた》み傘を取り出す。

「「…………………」」

互いに互いを見つめ、ひとつの折り畳み傘を見つめ、最後に前方を確認する。

カップルの背中は、男の持つひとつの傘で守られていた。

むずがゆい沈黙が流れる。その間も、ふたりの服はぬれていく。

朝採れトマトのような顔の宮崎は、そっと折り畳み傘を差し出すのだった。

「さ、さもありなん……」

先行く人生の先輩方に一言、ありがとうと言いたい。

雨に侵《おか》された世界の中で、ひとつ傘の下という空間にふたり分の体積は大きすぎる。

つまりは近い。とにかく宮崎が近い。

鼻の高さに彼女の頭があるため、呼吸をすれば髪の香りが鼻腔《びこう》をくすぐる。

カチコチに緊張している彼女の首から下を盗み見れば、回避しきれなかった雨が身体《からだ》を湿《しめ》らせていて、ブラウスにじっとり肌の色を浮かび上がらせていた。

よろしくない。これはよろしくない。

宮崎はふいと、紅《あか》い顔をこちらに向ける。すると、急に驚いた表情を見せた。

『肩がぬれてます』

宮崎寄りに傘を傾けているため、俺の左肩がぬれるのはしかたのないことだ。しかし彼女は首を振りながら、傘を持つ俺の手をこちら側に押す。

残念だがそのやさしさは、男としては受け入れられない。

「大丈夫。これはアレだ、左肩だけ異様に汗《あせ》かくんだ俺」

これが、宮崎のツボにはまったらしい。

宮崎はお腹《なか》をおさえて、必死に笑いをこらえている。

「どうにかしたいんだ、この体質。異様に汗かくんだ。異様にだぞ？」

宮崎は心配になりそうなほど震えていた。これはこれで面白い。

「日曜日は右肩なんだ」

ついには吹き出した。もうやめて、とばかりに俺の腕をぺしっと叩く。

ここで諦《あきら》めてくれたようだ。宮崎はもう拒否することなく、身体をきゅっと縮こませた。

『島崎くんは本当に優しい人ですね』

目尻《めじり》の涙を拭きながら、こんな言葉を掲げる。

「出た。宮崎のその根拠のない褒《ほ》めちぎり」

宮崎はずっとそうだ。まるで俺を聖人のように扱い、尊敬の目を向ける。

身に余る評価に悪い気はしないが、少々こそばゆい。

なにより俺のどこを見てそう感じているのかが不明瞭なので、素直に受け取れないのだ。

だがここでついに、その根拠が明らかになる。

闇の深い、彼女の心理とともに。

『私なんかに、優しくしてくれるからです』

「……え？」

一瞬、どういう意味かわからなかった。

「……はは。私なんか、って……」

茶化《ちゃか》すように笑ってみせた。

しかし宮崎は、首を小さくかたむける。

なにがおかしいの、とでも言いたげに。

「…………そうだ。話は変わるけど……」

話題を変えたのは、それ以上彼女の中に踏みこむのが怖かったからだ。

宮崎の心の奥底にある、とんでもなく大きな暗がり。

無邪気な瞳からそれが垣間見えたとき、ゾッと身の毛がよだった。

宮崎と過ごす中で、ちらほらと小さな違和感を感じることはあった。

俺の意見を否定しない。

なにを食べるにしても俺より先に手をつけない。

連れ立って歩くときは並び立つのではなく、少し後ろを歩く。

使用人のような振る舞いだ。ただそれも個性なのだろうと、取り立てて意識はしなかった。

しかしその解釈は、間違いだ。

彼女の劣悪な過去を知って、明らかに誤った思想を聞いて、その時点で気づくべきだった。よく考えればわかることだったのだ。

宮崎の中には、自分が存在していない。

自尊心が異常なまでに欠如しているのだ。

祖母や同級生によってプライドを徹底的に潰《つぶ》されたために、彼らに怒りを覚えるでもなく、すべての声を受け入れるようになったのだろう。どんなひどい悪口でさえ。

だからそうして形成された彼女の中の『彼女』にやさしくする俺は、『優しい人』なのだ。

そんなの、絶対にまともじゃない。

人として生きていく上で、そんな個性を持っていてはいけない。

宮崎は絶対に、変わらなければならないのだ。

改めて考えた——俺が宮崎のためにできることは、なにか。

＊＊＊

「あたしもまだけっこうな距離があるよ、菫とは」

超然と、弥生は答えた。

放課後、俺は弥生とともに恵成の家に来ていた。宮崎について聞けることがあるかと思い、ふたりの誘いに乗ったのだ。

弥生は漫画雑誌を眺め、涼《すず》しい顔で語る。

「仲良しは仲良しだよ。でも目に見えないところでは、どうだろうねえ」

「でも休み時間とか体育の時間よく話してるし、なにより名前呼びじゃん。仲良しだろ」

恵成も俺と同意見を述べる。だが弥生の考えはちがうようだ。

「それもこれも、あたしが勝手にやってることだよ」

それは、人との壁などふわっと超えていく弥生の性格を考えれば、おかしなことではない。宮崎に対してだけは特別視している気もするが。

「なんで……宮崎と距離があると思うんだ？」

「それは本当に繊細《せんさい》なところで、言葉にするのは難しいねえ。簡単に言えば、向こうがあまり積極的になってない、ってところかな」

「でも宮崎さんって元々控《ひか》えめなタイプじゃん」

「そういうんじゃないんだよ。どの話題にもワンコみたいに相槌《あいづち》打つだけの子と、口数は少ないけどちゃんと本音を言う子、どっちが信用できるかって話」

「俺はハイブリッドがいいなあ」

「あんたの好みを聞いてんじゃないの。それに愛嬌《あいきょう》よくて包み隠さない子とか、そんなん最強のコミュ力ファンタジスタですよ。あたしみたいなね」

「弥生は時々オフサイド気味だけどなー」

弥生に痛めつけられる恵成の悲鳴を聞きながら、俺は脳内で情報をまとめる。

弥生からしたら、宮崎はまだ心を開いていないという。

自分をアピールしないのだ。社会の中で噛《か》み合わないのもうなずける。

話せないという事実が、余計にブレーキを構築してしまっているのだ。

「あたしから見れば、蒼のほうがよっぽど仲良しだと思うけどね。だれより懐いてるし」

懐いている。その評価はうれしくなく、むしろ苛立《いらだ》ちを覚える。

でも残念ながらそれが、俺と宮崎との関係を客観的に表現した言葉なのだろう。

俺は宮崎に、隣に立っていてほしいのに。

「懐いてるって言うより、信頼してるんだろ」

言葉を失っていた俺の代わりに、恵成がそうやんわりと反論した。

「信頼……」

俺は、その言葉の重さにひとさじの不安を持つ。

「……でもそもそもその信頼の仕方がズレてて……」

「じゃあもうおまえが正してあげるしかないな。宮崎さんがだれよりも信じている、蒼にしかできないんだから」

恵成は精悍《せいかん》な声色で、そう言い切った。

それはするんと脳へ流れこみ、身体に染《し》みていく。

「……恵成、あんた……たまに良いこと言うよね」

「そうか？　痛っ、なんだよやめろよ！」

妙に腹が立ったのだろう、弥生は恵成を足蹴《あしげ》にしていた。

俺も続き、恵成の肩に力いっぱい腕を回す。

「なんだよっ、蒼まで！」

「……さんきゅー、恵成」

窓の外を見れば、湿気《しつけ》にくもる空には薄闇《うすやみ》が訪れ、街は静かに夜を待っている。

低い雲の隙間《すきま》から覗《のぞ》く一番星の光は、この瞳まで一直線に届いていた。

＊＊＊

それから三度夜空を見送った、まだ夏は遠い梅雨の日のこと。

「今日もまた微妙な天気だなあ」

本日俺と宮崎はふたりきり、小さな旅行に来ていた。

最寄《もよ》りの駅から二回乗り換え一時間。目的地と同名の駅からバスで五分。

日曜日の動物園には、多くの家族連れが見られた。


「日曜日、ふたりで遊びに行こう」


そう誘ったのは金曜日の放課後、いつもの公園でだ。

ちょっとびっくりしていた宮崎は『どこへ？』と尋ねる。

その回答に、彼女は身体を強《こわ》ばらせた。

「宮崎と行きたいんだ」

そう付け加えると、悩んだ末に宮崎は小さくうなずいた。

小花衣先生には見定めるような目を向けられたが、無事オッケーはもらった。

あの人のことだからきっと、ひそかに車で来ているのだろうが。

「さあ行こう。いやー久々だなあ」

動物園へ入ると、野性味溢《あふ》れるにおいが俺たちを出迎える。

多種多様な動物たちの楽園に、俺は興奮を抑えられなかった。

宮崎はというと、ライオンやホワイトタイガーにはちょっと怯え、ゾウやシカには好奇《こうき》の目を向け、ペンギンやアシカにはほにゃりと頬を緩める。

最初は不安そうだったが、今では楽しめているようだ。

「まだ向こうにもあるみたいだな。行こうか」

ふれあいゾーンでウサギと戯《たわむ》れる宮崎にそう教えると、天国にいるような表情で応《こた》えた。

手に残るふわふわの感触に浸りながら、宮崎はてこてこ俺についてくる。

そこに到着すると、その顔は明確に陰《かげ》った。

「ここ、入ってみようか」

宮崎の、助けを求めるような瞳の訴えには、気づかないフリをする。

不自然な間は、彼女の諦めるような首肯《しゅこう》によって締めくくられる。

俺と宮崎はフクロウを見に、再び歩き出した。

「おお、フクロウ。いろんな種類のがいるのなー。あ、あの真っ白の可愛《かわい》いぞ、目瞑《つむ》ってるの。世界のすべてを悟ったような面構《つらがま》えしてやがる」

笑いかけるも、宮崎は愛想笑《あいそ》いもできないほどに萎縮《いしゅく》していた。

「どうした、宮崎。まだ、フクロウの目が怖い？」

ジリッと心が炙《あぶ》られるような感覚が走る。

「それとも、夢のほうが怖い？」

宮崎はこちらをじっと見据《みす》える。怖がるよりも悲しむような、そんな目だ。

「……いじわるなこと言っちゃったな。ごめん」

俺の声が届く範囲には、宮崎以外の人間はいない。

遠くに見える家族連れは、幸せを分かち合うように笑っていた。

宮崎はなにかが乗り移ったかのように、ガリガリと書きはじめる。

『フクロウが親不孝の象徴って言われているの、知ってますか？』

「……いや」

『雛《ひな》が大きくなると親鳥を食べるって言い伝えられていて、そこから来たのです』

『道理に適《かな》ってますよね』

「飼育員さん」

俺は通りがかった作業着姿のお姉さんを呼び止める。

「フクロウの雛って、成長すると親鳥食べちゃうんですか？」

「ああ、それは迷信ですよ。少なくとも私は見たことないですねえ」

お姉さんはにこやかにそう答えた。お礼を言うと、「ごゆっくり」と言って去っていく。

「迷信だってさ」

宮崎はより浮かない表情を浮かべた。

『でも、私が親不孝なことに変わりはありません』

「なんで？」

グッと息を呑む宮崎。だんだんと苛立ちが見えてきた。

あるじゃん、自尊心。

思い返せば、俺のいじわるな発言に怒りを見せる場面は多々あった。髪型をいじったときや、テストの点数を盗み見たときなど。

そう考えたら、わりかし安心した。

『私が両親を死なせたようなものですから』

「先生から聞いたよ。わがまま言って困らせちゃったんだってね。でも、それが原因になるのかな？　事故の概要聞いただけじゃ、トラックがぜんぶ悪いように思えたけど」

『それが言いたくて、誘ったのですか？』

「いや、宮崎と動物園に来たかったのですよ」

その瞳はまるで仇《かたき》を見るようだ。はじめてと言っていい、宮崎が怒っている。

仕方がない。俺だって宮崎に、腹が立っていたのだから。

「なんでそんなに自分のせいにしたがるの？　すべてにおいて宮崎は被害者じゃないか」

返答はない。彼女は横枝で休息する純白のフクロウを、ただ見つめている。

「宮崎。死んだ人のためにできることって、本当はなにもないんだよ。感謝も謝罪も、罪滅ぼしでさえ、させてもらえないんだ」

ふと顔も覚えていない父親が頭に浮かぶ。

どうしてか、胸に郷愁《きょうしゅう》のようなものが疼《うず》いた。

宮崎はスケッチブックをぎゅっと抱きしめ、壊れた人形のように首を振る。

「でも宮崎は生きてる。声だって、あるだろ？」

『ありません』

「あるじゃん。俺と何度もしゃべってくれたじゃん。十文字だけど、たしかに……」

「声なんていらない」

「え……」

思ってもみなかった宮崎の声に、俺は言葉を失った。

人知れず溜めこんできた感情を、彼女は形にする。

『十文字じゃまともに気持ちも伝えられない』

『声さえなければいじめられることもなかったし、おばあちゃんに怒られることもなかった』

『みんな私の声が嫌いだから神様が十文字しかしゃべれないようにしたのです』

『十文字もいらない　もう一文字もしゃべれなくていい』

『しゃべる度に事故のこととかいじめられてたときとか思い出すから』

『もうこんな声』

と、そこまで書いた右腕を、俺は摑んで引き寄せる。

「それは絶対にちがうよ、宮崎」

怒りのような、悲しみのような、涙の溜まる目が俺と出会った。

やさしく、やわらかく、俺は彼女の中の『彼女』に触れる。

「宮崎は前に、夢の中のフクロウが十文字だけ残して声を吸い取っている、って言ったよな。俺は、逆だと思うんだ」

宮崎は怯えるような表情に、困惑を映す。

「フクロウが宮崎に、十文字くれているんだ」

そのとき、ゲージの中のフクロウが止まり木から飛び立った。

羽音も立てず、静かに、高く。

「宮崎はあの事故で、本当は声を失うはずだった。でも『フクロウ』が宮崎を守ってくれた。いじめとかおばあさんのせいで心が壊れてしまっても、『フクロウ』が十文字だけしゃべれるようにしてくれているんだ」

宮崎は、大きな目をさらに見開く。

「それは呪《のろ》いなんかじゃない――祈りだ」

ここまで考えれば、理解できる。

ふがいない俺にだって、『フクロウ』が何者なのか。

「十文字は、宮崎のお父さんとお母さんが残した、ちゃんと生きてっていう願いなんだ。ふたりの祈りが十文字だけしゃべれるようにしてくれたって……そう、考えられないかな」

笑いかけると、宮崎は顔を歪ませる。

苦しそうな顔で、首を振り続けながら、頬をぬらしていた。

「そういや俺も昨日、フクロウについて調べたよ。フクロウって、子を災《わざわ》いから守る象徴でもあるんだってさ。これも、道理に適《こきざ》ってるよな」

宮崎は肯定も否定も示さず、小刻みに震えていた。

あまりフクロウを占領するのは他のお客さま方に申しわけない。

俺は最後に、本当に言いたいことを伝える。

「……宮崎をここに誘った理由はな、宮崎にこれを伝えたかったんだ」

俺はうつむいた宮崎の頭を捕まえ、無理矢理目を合わせる。

「過去にとらわれすぎないで、宮崎らしく、ちゃんと幸せを求めてくれ」

潤《うる》む瞳はたゆたいながら、ただ俺の瞳を映す。

「長くつらい思いをしてきた分、宮崎はとことん幸せにならなきゃいけないんだ。だからその声で言いたいことを言ってくれ。俺は、宮崎の望むことならなんでもするから」

するど宮崎は、震える手でペンを握った。

惑《まど》う感情が、スケッチブックにひとつの問いをしたためる。

『なんで私にそんなこと言ってくれるのですか』

「そんなの好きだからに決まってるだろ」

ぴたっ。

宮崎の動きが止まった。

瞳も、涙も、呼吸さえ、運転を見合わせている。

時を同じくして俺の頭にも、真っ白のペンキがぶちまけられていた。

ヒートアップした脳が暴走し、早押しクイズのように即答してしまったのだろう。

「あ、あ、あのッ、ちがッ……」

ちがう、とは言えない。なぜなら、ちがわないのだから。

誤作動とはいえ、スイッチは押された。ホラ貝は吹かれてしまった。

覚悟を決めろ。想いをのせろ。最後の一滴まで、勇気を振り絞《しぼ》れ。

「そ、そう！　俺はっ、宮崎が好きなんだ！」

完全に声が裏返ったが、反省は後だ。

「好きだからっ、宮崎の望みを叶《かな》えたいと思うしっ、幸せになってほしいって思う！　むしろ俺が幸せにしたいって思う！　だからっ……」

あ、なんか口にホコリみたいなの入った。

「俺と付き合ってくれさいっ……ゴッホッ、ガハッ！」

噛んだ――噛んでむせた――――っ！

そのとき、停止していた宮崎に変化が見られた。

全身、ぷるぷる振動している。

白から赤へ移り変わるその顔色は、さながらイチゴの成長過程を見ているようだ。

「ほゆ……」

ついにはその口から謎の言語が飛び出す。

「だ、大丈夫か、宮崎……」

ゆでだこのような宮崎は、両手のひらを頬に当てたまま再び固まっている。

心配になり、その肩に触れようとした、瞬間。

じりっ、ぴゃ――。

宮崎は俺の手を避けると、頬に手を当てたまま全速力で走り去っていった。

遠い背中に　届かぬ悲哀　宮崎意外と　足速い　　島崎蒼
「うわ――――っ！」

膝《ひざ》は崩《くず》れ落ち、口は断末魔《だんまつま》の叫びを放つ。

驚いた動物たちは一斉《いっせい》に鳴き声を上げる。密林に砲弾を撃ち込んだような大騒ぎに、飼育員さんたちも大わらわであった。

その中で俺はひとり、茫然《ぼうぜん》とする。

宮崎にフラれた。

その事実に耐えられる精神を、俺は持ち合わせていなかった。

数分後、宮崎を捕まえたというメールが小花衣先生から届いた。

そのまま車で連れて帰るらしい。

屍《しかばね》はひとり、園内をうごめくのだった。

＊＊＊

フラれた直後の記憶は定かでない。

気づけば弥生と恵成に保護され、ファミレスに連行されていた。

しかし事情を説明しても、ふたりは「大丈夫だろ」と楽観的に笑うだけだった。

薄情である。親友といえど、しょせん他人というわけか。

虚無感《きょむかん》に苛《さいな》まれる中で、俺は決意した。

明日、もう一度ちゃんと宮崎と話そう。またそこからはじめるのだ。

果たして翌日。

「あ、それと宮崎さんは風邪で休みだそうです」

「ふぐう――――――ッ！」

「うひゃあっ！」

朝のHR、突如《とつじょ》上がった奇声《きせい》にみみこ先生は手足をすくませた。

「ど、どうしたの島崎くんっ？」

「ふぐう――……」

「河豚《ふぐ》？」

宮崎が来ない。宮崎に会えない。宮崎に謝ることさえできない。

しばらくの間、俺は放心していた。

結果として宮崎は三日間休んだ。

聞くところによると風邪は本当らしい。それも三十九度を記録する強烈なもの。

「あんたの告白による知恵熱のようなものだろうね」

小花衣先生は淡々とそう語った。

宮崎は俺になにか言っていないなかったか。先生に聞くも「知らん」の一点張りだ。

とにかくもう、面と向かって話すほかない。

フラれたとて友人関係は続けたいと意思表示をするのだ。

そして二日後、宮崎は登校してきた。

「宮崎っ、おは……」

じりっ。宮崎は俺を前に、中腰で距離感を保つ。

「み、みや……」

ぴゃー。近づくと、真っ赤な顔で逃げていった。

「ふぐう――――――――ッッ！」

気づけば俺はフローリングに抱かれていた。

その後も俺は根気強く宮崎に声をかける。

しかし結局宮崎が逃げる→俺が叫びながら崩れる、というパターンを繰り返すだけ。

話すことさえ叶わない。たった一回の失敗で、俺は宮崎に近づく権利すら剝奪《はくだつ》されたのだ。

失意の底に沈み、もはや出家しかないと俺は世を捨てる覚悟を決めた。レッツ出家！

そんな、金曜日の放課後のことだった。

昇降口にて、仁王立《におうだ》ちの宮崎が待ち伏せていた。

『この後、少しだけお時間を頂けますか？』

紅潮《こうちょう》した顔で、足は逃げ出すのを我慢《がまん》しているように震えている。

了承し、その場で数分ほど言葉を交わす。

それは想定もしていない、驚きのお誘いであった。

＊＊＊

小花衣先生の運転する車に乗るのは、これで二度目だ。

「これプールのときとちがう車ですよね？　レンタカーですか？」

「そーよ。東京で車を持つ気にはならないわね」

教職に加え書道家として書を売っているのだから、もらっているものはもらっているはずだ。単純に自動車への興味がないのだろう。

「宮崎は車ほしいとか思わないのか？」

右隣に座る宮崎に尋ねる。

『小さいのなら、ちょっとほしいかもです。こういうときあると便利ですよね』

「スミレに似合うかわいいの、探してみるかあ」

相変わらず宮崎には甘い先生である。

現在三人を乗せた車は、東京から南に向かって高速を走っていた。日曜日だがまだ早い時間なので、目立った渋滞には遭遇《そうぐう》していない。

目指すは、宮崎の故郷だ。

「そういや宮崎も、後部座席派なのな？」

この問いに、宮崎はきょとんとした。

「プールのときも後部座席に座ってたよな。俺も助手席苦手なんだよねー。落ち着かなくて、酔いやすいんだ」

同調を求めると、宮崎はワンテンポ遅れてうなずく。

その笑みは苦笑いのようで、またどこか照れているようにも見えた。

「……普段私とふたりなら、助手席に乗るんだけどねえ……いたいっ！」

衝撃の光景である。

宮崎が、先生の後頭部をスケッチブックでひっぱたいたのだ。

わななく俺に、宮崎は「なんでもないよー」とばかりにおどけてみせる。

怖いので、あまり気にしないことにした。


金曜日の放課後、宮崎はいっしょに帰郷してくれないかと尋ねてきた。

そのときも今も、告白の話題は一切出ていない。

なかったことになったのなら、それに越したことはないだろう。スルーされるのは悲しいが、もう一度スタートラインに立てたのだから不満はない。

今日のこの誘いは、また友人関係をやり直すための足がかりなのだ。

ゆえに今、俺は宮崎と並んで手を合わせていた。

枯淡《こたん》な静けさが、立ちこめる香を際立《きわだ》たす。

目を開くと眼前には墓石。宮崎家と刻まれたそれは、水垢《みずあか》ひとつなくきれいに佇《たたず》んでいた。

旅の目的は墓参りだ。

来月には宮崎の両親の七回忌がある。その前準備のため、宮崎は帰郷したのだ。

俺も誘ったのは宮崎の希望だ。理由は、両親にお線香をあげてほしいから、だそう。

宮崎が目を開く。

墓石を見つめるその表情は清々《せいせい》として、しとやかな美しさがあった。

「なにを話してたんだ?」

聞くと、こちらを向いてほわりと笑う。

『近況報告です。学校のこと、テストのこと、友達のことなど、いろいろ』

『大切なこともひとつ、ありましたので』

その大切なこととやらは、そのときはまだ教えてくれなかった。

霊園を後にした一行は一路、宮崎の住んでいた家に向かう。

事故後、祖母と暮らしていた場所だ。今はだれも住んでおらず、親戚が管理しているらしい。

家に到着し、お茶を飲んで人心地《ひとごこち》ついた後、宮崎と先生は掃除や法事の支度《したく》に勤《いそ》しむ。俺も手伝うと言ったが、宮崎にさせてもらえなかった。

そこでひとつ、見知らぬ土地の散歩としゃれこむことにした。

二十分ほど歩くと、宮崎に教えてもらった場所にたどり着く。

太平洋を望む海岸だ。

人も建物も密集した地で生まれ育ったため、このいかにも人間が自然に勝てるはずがないと思わされる風景には、不思議と心が躍《おど》る。

この景色を、かつて宮崎も見ていたのか。

そのとき彼女は、なにを思っていただろう。

携帯が震える。弥生からのメッセージが届いていた。

「今度はちゃんとキメなさい」

「どういうことだ？」と送ると、すぐに返事が返ってくる。

「『一緒に墓参り、なんて重いですか？』『私、大丈夫ですか？』なんて心配そうな顔で聞いてくるもんだから、こっちも金曜から緊張しっぱなしですわ」

答えになっていない。なんの話だ。

「今、菫からメッセージが来てね。あの子もうすぐあんたのとこ来るよ」

そのとき、砂浜を走るひとつの人影を見つけた。

弥生の予言通り、宮崎だ。俺のもとへ一直線に駆け寄ってくる。

「よー宮崎、掃除はいいのか？」

宮崎は息を乱しながら、一度大きくうなずいた。
「いいなー、宮崎んち。こんな近くに海があって」
宮崎から視線を外し、海を見つめる。
すると彼女はどうしてか、さらに歩み寄ってきた。
普段よりもずっと近い、息づかいさえ聞こえる距離。
やめてほしい。
こんな景色の中で、必要以上に接近されれば、また過《あやま》ちを犯してしまいそうになる。
『動物園に行った日の夜、フクロウの夢を見ました』
出し抜けに、こんな言葉がスケッチブックに載せられる。
『ほとんどはいつもと変わらない夢でしたが、ひとつだけちがっていました』
『冷たいと感じていた喉に触れる羽を、はじめて温かいと感じました』
『声が吸い取られるのではなく、与えられているように感じたのだと思います』
俺の助言が深層心理を刺激して夢に干渉《かんしょう》した。これが現実だろう。
でも、それを変えられたことこそが大きな一歩だと、そう思えてならない。
「じゃあやっぱりフクロウは、宮崎の守り神なんだよ、きっと」
そう言うと、宮崎はうれしそうに破顔《はがん》した。
波の音に溶け入るように、会話がなくなる。

しかしそこにある沈黙は、居心地《いごこち》の悪いものではなかった。

「お墓の前で言ってたこと、ふと思い出したよ。両親に報告した、大切なことってやつ」

何気なく口にしたその言葉に、宮崎はやけに反応した。

「教えてくれよ、宮崎。大切なことってなにさなにさ」

フランクな口調で尋ね、彼女の肩をつんつんとつつく。

宮崎はすこしためらったあと、丁寧《ていねい》に書きはじめた。

ただ書き終わっても、どういうわけか見せるのを躊躇《ちゅうちょ》している。

ゆっくりゆっくりと、スケッチブックが裏返った。

『好きな人ができたよって、伝えました』

真紅《しんく》に染まる彼女の顔が、瞳の中でくらくら揺れる。

宮崎はポケットから大事そうに、ピンクの封筒を取り出した。

彼女はぎゅっと目を瞑りながら、俺に手渡す。

『お返事を書きました』

そう書かれたスケッチブックで顔を隠す宮崎。

事前に用意していたらしい、ページをめくると次の言葉も記されていた。

『読んでください』

「……今、読んでいいの？」

震えた声で確認をとる。宮崎はすぐさま書き加えた。
『もう逃げませんから』
一時《いっとき》だけ、ひそかに笑ってしまった。
それからのことを、ほんのちょっとだけ話そう。
手紙を読み終えた俺はもう一度、海風に負けない声で、本当の想いを口にした。
すると彼女も口を開く。
声にしたのは長い手紙を要約した、たった四文字の言葉。
それがなにかなど、聞いてくれるな。
そんなもの、言うだけ野暮《やぼ》というものだ。

三章　幸せになるのに必要なこと

なにがなんでも俺は、宮崎《みやざき》と手をつなぎたかった。
本日は宮崎との初デート。場所は定番、水族館。
人はそれほど多くなく、館内は薄暗い。なにやら情緒的なＢＧＭも流れている。
間違いない。この水族館が、水槽《すいそう》の魚介類《ぎょかいるい》が、俺に囁《ささや》いている。
宮崎と手をつなげ、と。
しかし、しかしだ。彼女は今、それどころではなかった。
『大きいです』
『水槽が大きいです』
「大きいなあ」
『魚がいっぱいいます』
「いっぱいいるなあ」
『サメがいます！』

「サメもいるなあ」

宮崎はとびっきり、おはしゃぎになられていた。

彼女にとって池袋《いけぶくろ》の誇《ほこ》るオシャンティな水族館はあまりに新鮮だったのだろう。その目は、チョウチンアンコウのごとく輝いていた。

そんな無邪気な彼女の手を、劣情で汚れた俺が握る……なんと恐れ多いことか。

『エイの裏側ってかわいいですよね』

「えっ……か、かわいいか？」

『カニがピースしてます！』

「そういうひとたちだからね」

『あの大きさだと、どれくらいタコ焼きができるのでしょう』

「そこに触れるか……」

まあ、かわいいからいいか。

紆余曲折《うよきょくせつ》ありながらも宮崎と恋人同士になったのは一週間前。

それからというもの弥生《やよい》や恵成《けいせい》にいじられ、クラスでも話題になり、ついにはみみこ先生にまで祝福される始末。なんとも慌《あわ》ただしい一週間だった。

しかしそれらを経《へ》た今、こうしてデートできている。

それだけで、おつりが来るくらい幸せだ。

　順路に従って進むと、吹き抜けた場所に出た。高層ビルの最上階に位置するだけあり、空が身近に感じられる。梅雨雲《つゆぐも》の名残《なご》りが風で漂い、本格的な夏の訪れを予感させた。

「お、ラッコショーがあと四十分ではじまるってさ」

　看板《かんばん》に書かれた文言《もんごん》をそのまま口にすると、宮崎はぱあっと顔を輝かせた。

　ショーの時間まで館内のカフェで時間をつぶす。宮崎はアシカの絵が描かれたパンケーキを、『可愛《かわい》くて食べれません』と前置きしながらぺろりと完食していた。

　ショー開始十分前になった頃、俺たちは客席につく。

　このショーが終われば、もう順路の終わりは目の前だ。

　結局、この水族館で手をつなぐことはできなかった。

　ほんのり落胆《らくたん》していると、宮崎がこんな疑問をよこしてくる。

『ラッコって、お腹痛《なか》くならないんですかね？』

　彼女はお腹を叩《たた》く身振りをした。ラッコのマネのようだ。

「ああ、石で貝の殻《から》を割るときな」

　先ほど買った貝のキーホルダーを取り出し、俺もラッコの形態模写をしてみる。

「たしかに石をぶつけてたら、けっこうな衝撃があるだろうな」

　いつしかふたりそろって腕を組み、本気で考察していた。

「進化の過程で腹回りが異様に硬《かた》くなったんじゃないか？」

『お腹にも骨が密集していて、内臓を守っているとか？』

「ちがうよ」

ふいに背中から、幼《おさな》い声が聞こえた。

振り向けば、小学校低学年くらいの男の子が俺と宮崎を無垢《むく》な瞳《ひとみ》で見つめている。

「ラッコって、そうやって貝割るんじゃないんだよ」

少年はそう言い切った。母親に「こら、ともや」と注意されても、彼は凛《りん》とした表情を崩《くず》さない。若いのに芯《しん》が通っている。

「マジでか。じゃあどうやって割るんだ？」

尋《たず》ねると少年はニッと白い歯を見せた。

「これが石で、これが貝だとしたらー」

少年は石に見立てた宮崎の手を下に敷き、貝のキーホルダーを持つ俺の手を摑《つか》む。

「こう、石を下にして貝のほうをぶつけるんだよ」

「ああ、なるほど。逆だったのか。ありがとな、よくわかったぜ」

お礼を言うと少年は朗《ほが》らかに笑い、母親へ自慢げな顔をするのだった。

「勉強になったなあ、宮崎」

宮崎は納得の表情でうなずいていた。

そのとき、俺はとんでもない事実に気づく。

いつの間に、ふたりの手が触れあっていたのだ。貝のキーホルダーを介《かい》して。

かいつまんで言うと、手をつないでいるようだった。貝摘んで言うと。

グッジョブともや！

こそこそと、俺はお邪魔な貝を抜いていく。ここで宮崎も理解したようで、恥《は》ずかしそうにちらちらこちらを見るも、抵抗する様子はなかった。

貝を除去すれば、宮崎の体温がしっとりと伝わる。

俺よりもほんの少し冷たい手のひらは、クリームチーズのようになめらかだった。

「……もう少し、こうしてていい？」

目の端に映る赤らんだ横顔は、ゆっくりとその顎《あご》をひく。

ショーが終わるまで、俺たちは手を握り合っていた。

ちなみに一生懸命やっただろう彼らには悪いが、ラッコショーの内容は七割方記憶にない。

＊＊＊

試験期間を楽しいと思ったのは、人生初だった。

期末試験も中間同様、宮崎といっしょに勉強したのだ。

ただそのせいで、付き合いたてなのにデートができないのは痛かった。直前に行った水族館があまりに楽しかったのも、じわじわ効《き》いてきている。

なので試験が終わったら思いっきりデートするものだと期待していた。

しかし、俺はまたもお預けを喰《く》らうことになる。

大きな書道の大会が近いらしく、宮崎はすぐそちらへシフトしなければならなかった。

つまり付き合いはじめて三週間、大きなイベントは水族館デートただひとつというわけだ。

俺は悲嘆《ひたん》した。気休めにアホふたりと遊んだところで、この心は埋まらなかった。

そうして気づけば、夏休みがすぐそこまで迫っていた。

「蒼《あお》よーい、もちろん遊びに行くんだぞー！」

一学期最後のＨＲを終えると、恵成と弥生が連れ立って俺の席までやってくる。

俺も加わること前提で話が進んでいるようだ。が、それは叶《かな》わない。

「悪い。今日はパスだ」

ふたりは一斉《いっせい》に不平不満を口にした。

「なんでだよー。宮崎さんと約束してんのか？」

「いや。今日は母親が早く帰ってくるって言うから、しっかりしたもん食わせようと思って」

「んだよマザコンかよー。半ドンだよ半ドン！　わくわくするじゃんよ！」

「明日からいくらでも遊べるだろ」

ぶーたれるふたりをあしらっていたそのさなか、宮崎もやってきた。

「おお、宮崎。どうした？」

こうして教室で宮崎のほうから近づいてくることも、今ではあたりまえとなった。新学期の頃はこんな状況、想像さえできなかっただろう。

宮崎は少々強《こわ》ばった顔で、こんな言葉を掲《かか》げる。

『このあと、空《あ》いていますか？』

「もちろん空いてるとも」

背中に大義なき拳《こぶし》が飛んできたが、無視する。

「でもいいのか、作品は」

『昨日書き上げました』

宮崎はなにか書き足そうとするが、なぜか躊躇《ちゅうちょ》したのち、なんでもないと首を振った。

「『もちろん空いてるとも』……これは万死《ばんし》に値《あたい》する放言ですねえ、恵成殿」

「ああ、『もちろん』ってところに悪意を感じるな。蒼・弥生・上原《うえはら》のＡＹＵ同盟条約違反だ」

「鮎《あゆ》は好きだが、そんなもの組んだ覚えはない」

そしてなんでおまえだけ苗字《みょうじ》なんだよ。

「菫も入ったらＳＡＹＵ同盟だね」

「お湯になっちゃった」

俺にまとわりついて邪気を振りまく弥生と恵成。ふたりを見て、宮崎はおろおろしている。

『おふたりが先に約束してましたか？』

「そうだ！　友情を壊滅させる悪女菫《すみれ》め！　このあたしが成敗《せいばい》……もが」

ここでさすがに恵成も味方についてくれたようだ。弥生の口を塞《ふさ》ぎ、無理矢理抑えつける。

「大丈夫だよ、宮崎さん。人にはそれぞれ優先順位ってものがあるからね」

あれ？　やっぱりちょっと怒ってます？

『よければふたりもごいっしょしませんか？』

「おう行ってやろうか！　そんで猫飼ってる家の障子《しょうじ》ばりにてめえらの仲ビリビリに……むぐ」

「いやいや。俺と弥生はふたりで遊ぶから。んじゃね」

そう言って恵成は、弥生を引きずり去っていった。

『本当によかったのでしょうか』

「まあ……恵成的にはあのほうがうれしいんじゃないか？」

宮崎は数秒不思議そうな顔をしたのち、苦笑するのだった。


付き合いはじめてすぐのこと、宮崎は弥生と恵成に十文字話せるという秘密を明かした。

宮崎がそうしたいと俺に相談してきたのだ。

ふたりは驚いていたものの、ごく自然にそれを受け入れていた。

なによりも、秘密を明かしてくれたという事実がうれしかったのだろう。

こうして宮崎は俺に加え、弥生・恵成との仲も深めることができた。

「あとは弥生と恵成がくっつけば、楽しいことになるだろうに」

笑顔の宮崎は口に手を添え、肩を揺らす。

夏休みの到来《とうらい》に浮き立つ校内を抜け、昇降口までやってきた。

「それで、どこへ連れてってくれるんだ、宮崎」

『池袋へ買い物に行きたいな、と』

『必要な書道用具があって。全部私の都合ですが』

「なるほど。じゃあ俺の買い物にも付き合ってな」

宮崎は快《こころよ》くうなずいてくれた。

「でもひとまず昼を食べようか。池袋でどっか……ん？」

宮崎は俺のシャツの裾《すそ》をつまみ、ふるふると首を振る。

いちいち仕草《しぐさ》がかわいいわけだが、その意味は読み取れない。

彼女はカバンからなにやら取り出した。空腹で過敏になった嗅覚《きゅうかく》が、それを特定する。

「それ、弁当……ま、まさか……っ！」

彼女は少し緊張した面持《おもも》ちで、意思を示す。

『お弁当作ってきました。いっしょに食べませんか？』

どうしよう。夢だとしても、幸せすぎる。

靴に羽が生《は》えたような足取りで中庭へ向かう。

いつもならたくさんの生徒で溢《あふ》れているこの場所も、午後半休だけあって閑散《かんさん》としていた。

木漏《こも》れ日がゆらゆら揺れる景色の中で、宮崎はせっせと弁当を広げる。

『おいしいかどうかわかりませんが、どうぞ』

「ああ！」

まずは定番、だし巻き玉子を口にしてみる。

「あ、おいしい……いや待って、めっちゃおいしいっ！　なにこれっ！」

正直なことを言うと、だし巻きのような料理はある程度の水準を超えればだれが作っても変わらないものだと思っていた。が、たった今その先入観が崩壊《ほうかい》する。

「なんかすっごいふわふわ！　だしもこう……鼻からほあああっと！」

この感動を口で表現しようとするも、どれも抽象的になってしまうのが悔《くや》しい。

それでも宮崎は、にぱっと笑顔の花を咲かせていた。

『島崎《しまざき》くんは毎日ごはん作っている人なので、ちょっと不安でした』

「いやいや……俺の作るだし巻きより数倍おいしいよ、これ」

その後、宮崎とともにひとつの弁当を食べあう。

一番自信があるというだし巻き以外も、もれなくおいしかった。

好きな女の子が作った弁当をともに食べる。ずっと夢見ていたことだが、いざ叶うともう、心がどうにかなりそうだった。

「この弁当、今朝作ったんだろ？　大変じゃなかったか、昨日作品書き上げたばっかなのに」

労《ねぎら》いの言葉も、宮崎は照《て》れて素直に受け取らない。

「試験と立て続けに作品制作で、大丈夫だったか？」

『実を言うと、けっこう大変でした』

疲労のにじみ出る表情でこう示す。

宮崎がこうまで言うのだから、よっぽどだったのだろう。

「でも期限はまだ先じゃなかったか？」

前に聞いた締切《しめきり》は、あと一週間は先だった。なのでまさか誘われるとは思わなかったのだ。

すると宮崎は、なぜか伏し目がちになる。

顔に恥じらいの色をにじませながら、スケッチブックを見せる。

『今日島崎くんとお出かけするために、がんばりました』

「…………」

すさまじい不意打ちに、脳がお留守になる。

どうだかわいいだろう。俺の彼女かわいいだろう。

宮崎の手作り弁当をおいしくいただいたのち、俺たちは池袋に向かった。

バスに揺られること十数分、駅前通りで下車する。

まずは宮崎の用に付き合おうと、駅ビル内の画材屋にやってきた。

「作品できたばっかなのに、またすぐ道具が必要になるのか？」

それも昨日の今日だ。俺だったら一息つきたいと思うだろう。

『できたばかりだからこそ、です』

『制作中は極力外に出たくないので、墨《すみ》や練習用の紙は減っていく一方なのです』

「なるほどなあ。考え方がもうプロだな」

茶化《ちゃか》したつもりはないが、宮崎はいじわるを言われたときのように俺をぱしぱし叩いた。

筆のコーナーに入ると、宮崎のまとう空気が一変する。

まるで刀《かたな》を選別する剣豪のような瞳で、様々な筆を見つめていた。

実に十五分ほど迷った後、宮崎は筆を数本手に取る。レジから帰ってきたその顔は、わかりやすくほくほくとしていた。

画材屋を後にし、俺たちはひとまず喫茶店に入る。

「宮崎って、どうして書道をはじめたんだ？」

今日の宮崎を見ていて気になっていたことを聞いてみた。

宮崎の取り組み方を見れば、それが趣味で収まるものでないことはたしかだ。ではそうまで熱心になるきっかけはなんだったのか。

『はじめるきっかけは、灯子《とうこ》ちゃんでした』

「灯子ちゃん？」

疑問符を頭に咲かせると、どうしてか宮崎も首をかしげる。

『いとこの』

「……えっ、小花衣《こはない》先生っ？　あの人灯子っていうのか……」

意外にきれいな名前であること以上に、宮崎の呼び方に驚いた。

『家では灯子ちゃんって呼んでいるのです』

「そうか……まあ、いとこならそうだよな……」

理解はできるが、あの人に『ちゃん』なんて接尾《せつび》、違和感しかない。

「先生に教えてもらったの？」

『そうです。幼稚園くらいだったと思います』

『それから灯子ちゃんに紹介された書道教室に通ったのです。小四までですが』

「小四……あ」

それは宮崎が両親を亡くした歳《とし》だ。

『でもそれでも書道は続けていました。ほぼ独学で』

『本当に好きだったから、本能的に書くことを求めていたのだと思います』

そう掲げる宮崎の表情は、事故がかかわっている話題なのに、どこか晴れ晴れとしていた。

「じゃあ宮崎にとって書道は、ずっと大切なものだったんだな」

そう言うと彼女は目を細め、噛《か》み締めるようにうなずいた。


喫茶店を出てからも、俺たちは駅ビルの中で過ごした。

雑貨屋や本屋を冷やかし、スポーツショップに付き合ってもらう。

気づけば四時を大きく過ぎていた。互いに腹をすかせた保護者が帰ってくるということで、このあたりで池袋を後にする。

バスの中では、妙な沈黙ができてしまっていた。

原因は、わかりきっている。

駅に着き、宮崎の利用する停留所まで歩く。肩が触れ合いそうなほど近くに彼女はいる。

でもその間には、数センチの距離があった。

停留所が目前に近づくと、直情的に口が動く。

「……宮崎。いつもの場所で、もうちょっとだけ話さないか?」

驚いたのは一瞬。宮崎は二度うなずき、柔和《にゅうわ》に微笑《ほほえ》んだ。

区立公園内にある、青い屋根のあずま屋。

いつもの場所に来れば、浮き足立つこの感情は落ち着いてくれると思っていた。

しかしあまり効果はないようだ。

気温が落ち着いた夏の夕暮れ、ふたりはなんでもない話に興《きょう》じる。

そこで俺は「そういえば」とあるものを取り出し、袋を開ける。

宮崎はクエスチョンマークを乱舞させながら、彼女に手渡した。

「一応、プレゼント的な？　……あっ、弁当のお礼ってことで」

たった今思いついたわりには、適切な名目である。

ソレと俺を見比べる宮崎。その表情は驚き七割うれしさ三割といったところか。

プレゼントとは、スケッチブックだ。

「宮崎が使ってるのと同じサイズで、できるだけ宮崎に似合いそうなのを選んでみた」

宮崎は、へどもどしながら俺に質問する。

『いつの間に買っていたのですか？』

「宮崎が筆選んでるときだよ。いなくなったこと、やっぱり気づいてなかったか」

この回答に、今度はプレゼントで照れた顔を隠す。最初の使用法がそれとは。

彼女はスケッチブックを開き、早速《さっそく》一ページ目に書き込む。

『ありがとうございます。大切に使います』

「うん。今使ってるやつが終わってからでも……」

『いや』

一秒足らずで否定が返ってきた。

『今使ってるのは家用にします。外ではこれを使わせてもらいます』

「そうか。家用とかあるんだな」

ご機嫌な宮崎は、それを抱きしめるように抱える。よろこんでいるようでなによりだ。

その後も新たなスケッチブックを介し、宮崎との会話は弾《はず》んでいく。

しかし話が進むにつれ、俺の気分は下降していた。

その意識は、暗くなる空にばかり向かう。

率直《そっちょく》に、宮崎と離れたくなかったのだ。

さみしさで感情的になった俺の心にはもう、羞恥心《しゅうちしん》などなくなっていた。

「……宮崎とデートできなくて、ずっとつらかった」

唐突《とうとつ》な告白にも、宮崎はすぐさま応《こた》える。

『私もです』

赤らんだ顔で、でもまっすぐな瞳で俺を見つめていた。

もうひとつ、俺にはどうしても聞いてほしいことがある。

「宮崎」

呼びかけて数秒、大きな黒目は俺を捉《とら》えて放さない。

「宮崎の、声が聞きたい」

このお願いに宮崎は、照れくさそうにはにかんだ。

一口水を飲んで、二度深呼吸をして、彼女は限られた声を届ける。
「島崎くん、好きです」
身体《からだ》中の細胞が、蒸発してしまいそうだった。
「…………」
重力でリンゴが落下するように、俺と宮崎の手が重なる。
磁石《じしゃく》が引きつけ合うように、俺と宮崎の顔が近づく。
互いの息が鼻先をかすめれば、宮崎のまぶたは下りてゆく。
そして、蟬《せみ》の声が雨のように降るこの世界の中心で――。
ふたりの距離はゼロになる。
ゆっくりと時間は流れ、唇《くちびる》は静かに離れた。
心音は激しく、瞳は宮崎から逃れようとする。数分間、視線が交わることはなかった。
それでもひとつの想いを共有していることは、言葉がなくともわかっている。
あえて言うならば、まるで世界にふたりしかいないようだった。

＊＊＊

夏休みがはじまって十日が経《た》った。

俺は宮崎の彼氏になってはじめての長期休暇《きゅうか》を、十二分に満喫《まんきつ》していた。

暇《ひま》を見つけては会い、時間が合えばどこかへ出かける。弥生と恵成も加わり、四人で遊びに行くこともあった。

経済的な理由から、公園や霊園を散歩するだけということもある。

それについて謝ると、宮崎はにっこり微笑んでこう返した。

『いっしょにいるだけで幸せです』

同じことを考えていてくれた、それだけで最高にうれしかった。

起きているほとんどの時間、宮崎のことを考えていた。

彼女のいない日常なんて、想像もできなかった。


「じゃあ来週は予定通りってことで。楽しみにしてるってさ」

『すごくすごく、緊張します』

「大丈夫だって」

散歩デートを終え、俺たちはいつもの公園で談笑していた。

デートの後はだいたい別れを惜《お》しみ、ここで会話をすることが多い。このベンチはやはり俺たちにとって大切な場所なのだ。

ただ本日ここにいるのには、また別の理由がある。

「お待たせー、スミレー……」

夏休みでも出勤していた小花衣先生の帰りを待っていたのだ。

先生はベンチに着くや否《いな》やティッシュを取り出し、汗《あせ》を拭《ぬぐ》う。

「……って、それ半紙じゃないですか……」

やけにカサカサいうと思ったら……書道の先生とは思えない所行《しょぎょう》だ。

「ええい、うるさい。暑苦しい」

暑さで苛立《いらだ》っているのだろう、先生は蚊《か》でも払うように俺を制した。

しかし俺が静かになったところで、もうひとりの書道ガールが黙っていない。

『灯子ちゃん、半紙をティッシュ代わりにしないでっていつも言ってるでしょ！』

いつもやっているのか。

「へーへーごめんなさい。暑いししんどいしで……もう……だめ」

ついには溶けるようにうなだれる先生。かなり参っているようだ。

『お茶は？　水筒持っていったでしょ？』

「ぜんぶ飲んだーもう残ってないー」

『買いなよ！』

宮崎は『水分！』と書いたページを叩きつけ、ぱたぱた階段を下りていく。コンビニにでも買いにいったようだ。

「今日はどこへ行ってたの？」

ふいと先生が尋ねてきた。

よく考えれば、先生とふたりきりになるのはけっこう久々だ。

「中央図書館と、その周りの公園を散歩しに」

「この暑いのによく行くねえ」

先生はまたも半紙で額《ひたい》を拭《ふ》きながら、気だるそうに言う。

「薄着で露出度《ろしゅつど》の高くなったスミレに変な気起こしてないでしょうね」

「なに言ってんすか……」

たしかに夏仕様の宮崎はいろいろと危うい。特にワンピースのときなど、肩ひもが落ちてもすぐには気づかず、あげく無防備に前屈みになることもある。

いちいちうろたえているこちらの身にもなってほしい。

ただでさえはじめてキスをしたあの日から、心が騒がしくなっているというのに。

「ま、今のうちにイチャついておきなさい、存分《ぞんぶん》にね。もしかしたらそう簡単に会えなくなるかもしれないんだし」

「……え？」

言っていることがよくわからなかった。

じわり、心にロウをかけられたような感覚が走る。

「会えなくなるって……どういう……？」

すると先生は珍《めずら》しく、目を見開いた。

「スミレから香月《こうづき》先生の話、聞いてないの？」

まったく覚えがない。俺は考える間もなく首を振った。

先生は意外そうな表情を見せながらも、その内容を簡潔《かんけつ》に教えてくれた。

先日宮崎が応募したコンクールの審査員である女流書家の権威《けんい》、香月柳子《りゅうこ》はかねてより宮崎の非凡な才能に目を付けていたらしい。

そんな彼女は宮崎の今作を見て、さらなる感銘《かんめい》を受けたという。

美しくも淡白《たんぱく》だった感性に色気が加わり、いっそうの磨《みが》きがかかったとか。

ところで香月柳子という書道家は女流書家の育成にも心血を注いでいるようで、弟子《でし》として認めた者は自《みずか》らの屋敷に住まわせ、修行させているという。

前時代的だが、彼女のもとから飛び立った内弟子たちは次々頭角を現しているらしい。

数日前、そんな香月柳子から宮崎に手紙が届いた。

「つまり……弟子にならないか、という誘いが来たってことですか……？」

「そう。前々から気に入られていたとはいえ、御歳《おんとし》八十になってもう弟子はとらないとほのめかしていた香月先生が、直々《じきじき》に連絡してきたんだから驚いたわ。受ければおそらくスミレは、大書家香月柳子最後の弟子になるでしょうね」

とてつもないスケールの話に、俺は唖然《あぜん》としていた。

「早ければ九月にでも、と言っているわ」

「……どこなんですか、その香月先生の屋敷って」

「青森よ」

「青森……」

胸に手を当てれば、直接触れているくらいの鼓動《こどう》を感じる。

たしかなのは、これは宮崎にとってまぎれもないチャンスであるということ。

「じゃあ宮崎にとって書道は、ずっと大切なものだったんだな」

俺のこの言葉に、宮崎は力強くうなずいていた。

一心不乱に筆を選択する姿、周りを寄せつけない雰囲気《ふんいき》で書に取り組む姿、宮崎の書道への想いを、俺はずっと目にしてきた。

なのに俺はその話を、素直によろこぶことができなかった。

「……宮崎は、なんて？」

「考えたいってさ。ただ引っ越すってだけの話じゃないからね。当然向こうの学校に転校することになる。スミレにとっては、楽じゃないでしょう」

そうだ。別の地に移り住むということは、その問題も浮上する。

今でこそ教室に馴染《なじ》んでいるが、これまで一年にわたり、彼女はこの地で孤独《こどく》を味わってきた。もうあんな思いはしたくないはずだ。

　でももし、それでも行きたいと宮崎が思ったら。

　苦難の道さえ受け入れ、己《おのれ》を磨きたいと彼女自身が告げてきたら。

「俺は、どうすれば……」

「それは、あんたとスミレの問題よ。付き合っている者たちにとやかく言うつもりはない」

　先生は「ただ」と前置きし、最後に書道家として述べた。

「スミレが今後も書道に身を投じ、まして生業《なりわい》とするのであれば、行くべきね」

　そこまで言ったところで、宮崎が帰ってくる。

　気を回してくれたのか、先生は宮崎をすぐさま連れて帰っていった。

　俺はひとり、木のテーブルに伏す。

　宮崎が買ってきてくれたペットボトルのお茶を額に当て、脳を冷やした。

「青森か……」

　行くと決まったわけではないが、あんな話聞いて、心が平気なはずがなかった。

　俺と離ればなれになることに、彼女は抵抗感を持ってくれているのだろうか。

　彼女は今、なにを考えているのだろうか。

　どうしてそんな大事な話、俺にしてくれないんだ——宮崎。

＊＊＊

その日、駅前で待っていた宮崎の顔は空に浮かぶ積乱雲よりも白かった。

「大丈夫か……？」

『大丈夫です』

最近色気が出たはずの彼女の文字は、ミミズがダンスしているようだ。

時たま手と足を同時に出すほど緊張している宮崎とともに、見慣れた景色の中を歩いていく。

その扉の前に立つと、宮崎の震えは最高潮に達した。

「ただいま」

そう言う俺の後ろで宮崎は、「おじゃまします」と言えない代わりに深く頭を下げ、我が家の敷居《しきい》をまたいだ。

「あら――――いらっしゃいいらっしゃいっ、宮崎ちゃん！」

玄関へ滑り込む勢いで駆けてきた母は、最大級の笑顔で出迎えた。

『はじめまして、宮崎菫と申します』

「あら！　蒼の言った通り、字がきれいねえ。あとなによりかわいい」

褒《ほ》めちぎる母に、宮崎は今にも湯気が出そうである。

「おい、あんまり困らせるな」

「あらら、彼氏ガード入っちゃった。このどてっ腹から生まれてきた分際《ぶんざい》で！」

「ええい、うっとうしい！」

『本日はお招きいただきありがとうございます。島崎くんには大変お世話になっていまして』

「「まだ挨拶《あいさつ》続いてたのっっ？」」

数週間前、宮崎のことが母にバレたことがきっかけで、この顔合わせが実現した。家に連れてこいとうるさいので、俺が宮崎に頼む形となったのだ。

ちなみに宮崎の声については、おおよそ説明済みだ。

俺は宮崎と母をダイニングに残し、キッチンで三人分のランチを作る。

離れゆく俺を宮崎は心細そうに見つめていたが、あのマシンガントーカーが相手なのだから話題が途切れることはないだろう。

トマトソースの煮込み具合を確認しながら、大皿にサラダを盛りつけていく。蒸しているエビやアサリなどの魚介類もいい香りがしてきた。

宮崎に俺の料理を食べてもらうのはこれがはじめてだ。気合いも入る。

ふと、ダイニングから母親の笑い声が聞こえてきた。

宮崎の様子はわからないが、盛り上がっているようでなによりだ。

「…………」

数字を刻《きざ》むキッチンタイマーを眺《なが》めながら、俺はふいに考えてしまう。

宮崎からはまだ、弟子入りの話は聞いていない。

あれから数日、寝ても覚めても考えることはそればかりだ。話が話なだけに弥生や恵成には相談できず、ただひとりで抱えるしかなかった。

結局俺には、なにも報告してくれないのだろうか。

タイマーの音が耳をつんざく。考えに耽《ふけ》るうちに、けっこうな時間が経っていたらしい。

雑多な思いをひとまずしまい、料理の最終行程に取りかかった。


三人でひとつのテーブルを囲い、ランチとなる。

「どう宮崎ちゃん、おいしい？」

母の問いに、宮崎は笑顔で何度もうなずく。

「おいしいって！　よかったね蒼くん！」

「撫《な》でるな撫でるな」

平静を装っているが、心の中では豪快にガッツポーズである。

ペスカトーレを食す宮崎の手はもう震えていない。母もうまく落ち着かせられたようだ。

「言っておくけどね宮崎ちゃん、息子に家事任せっきりとはいえね、私だって料理できるんだからね。そこは覚えておいてね」

「……俺もう何年母さんの料理食べてないだろうな……」

「この前ねるねるねるね作ってあげたじゃないッ！」

「ねるねるねるねは料理じゃないし、あれは自分で作るのが醍醐《だいごみ》味だろうがッ！」

宮崎はこんな口喧嘩《くちげんか》を、笑いをこらえながら観戦していた。

食事を終えると、紅茶をこしらえまったりムードとなる。茶請《ちゃう》けには宮崎がお土産《みやげ》に持ってきてくれた洋菓子店のマドレーヌを用意した。

『島崎くんとお母さんは、仲がいいんですね』

こんな言葉が島崎親子に向けられると、俺が否定する間もなく母が応対する。

「母ひとり子ひとりだからねえ。互いに助け合ってるのよ」

ウチの事情は説明してある。なので宮崎もふわりと微笑むだけだ。

「小学校五年くらいから急に料理を作るようになってね。なんでか聞くと、『漫画に影響されただけだから！』って食い気味に。それからもテレビに影響されただけ、小説に影響されただけって言って掃除も洗濯もガンガン覚えていくの。うちの息子、やさしいでしょ？」

いっぺんガムテでその口塞ごうかと思ったが、宮崎がキュッキュと返事を書き込んでいる。

ひっくり返したその表情は、どこか得意げだった。

『よく知っています』

「み、宮崎……」「あははー、こりゃ一本とられたね」

ふたりの結託《けったく》した精神攻撃に、俺はたじたじであった。

賑《にぎ》やかで気恥ずかしい三人の会話は、その後も滞《とどこお》りなく展開する。

宮崎はもはや俺をスルーし、母とふたりでも平気で会話していた。

ふと、母さんがなにかしっとりした口調で語りだす。

「長いこと社会の中にいるとね、他人の口がいかに信用できないか、わかってくるの」

その目はまっすぐに宮崎の瞳を見つめている。雰囲気の変化に、宮崎も息を呑《の》む。

「でもそれでも、人となりをやんわり伝えてくれるのが、目と字なの」

「字？」

人の性格は目つきでわかる、と母親はよく口にしてきた。

しかし字に関しては聞いたことがない。

「そう。単にきれいか汚いかの問題じゃない。文字の造形を見ると、なんとなくわかるの」

その話に宮崎は、自らの字をじっと見定める。

そんな彼女に、母さんは温かな目で告げた。

「だから宮崎ちゃんの目を見て、『はじめまして』って文字を見て、安心したわ。ああ、蒼くんはすごくいい子を連れてきたってね」

宮崎はきょとんとする。

「だから、できればこれからも蒼くんと仲良くしてあげてね」

この言葉に、彼女は小さくうなずいた。

だんだんとその顔は赤く、頬《ほお》は緩《ゆる》んでいく。

「……またテキトーなこと言って」

「テキトーじゃないしー。さて、そろそろ会社行かないと」

そう言って、母さんは気だるそうに立ち上がる。

「え？　今日は全休じゃなかったのか？」

「それがねえ、部下がヘマやっちゃったみたいで、行かなきゃなんなくなったの」

母さんはしょげた様子で、出勤の準備をはじめた。

「それじゃね宮崎ちゃんっ、またいつでも遊びにおいで――――っ！」

最後に母さんは宮崎をぎゅーっと抱きしめる。アメリカナイズな別れ方に、宮崎はあわあわとうろたえていた。

そうして母は、嵐のように出て行くのだった。

直後、その母さんから携帯にメッセージが届く。

「宮崎ちゃん、暗くなる前には帰しなさいよ（悦）」

なんの悦なのか。

「とりあえず……俺の部屋行く？」

そう提案すると、宮崎はぷるっと肩を震わせた後、こくこくとうなずいた。

なぜ振動したのか。言った後すぐに気づき、俺も顔が熱くなる。

まあでも……ほら、まだ暗くないので。

ベッドに並んでかけるふたり。その間には、スケッチブック一冊分の距離がある。

「ごめんな、やかましい母で」

『いえ。とても楽しくて良いお母さんですね』

その陰《かげ》りなき笑顔を見て、小さくない疑問が浮かんだ。

今は俺の部屋でふたりきり。なので少しだけ、踏み込んでみようと思う。

「宮崎はやっぱ……お母さんもお父さんもいなくて、つらかった……?」

宮崎は抵抗を顔に映すことなく、静かに書き連ねていく。

『辛《つら》かったです。亡くなったすぐ後だけじゃなく』

『中学生になっても高校生になっても、夜中にふとさみしくなって、泣いたりしました』

「そっか……」『でも』

俺の声と宮崎の言葉が重なる。俺は再び彼女の言葉を待った。

『今ではそういうことも少なくなりました。夢中になれるものができたから』

夢中になれるもの。この言葉に、俺の胸が嫌な感触を捉える。

「……書道?」

その正体を、俺はさらりと口にしてしまった。

するとと宮崎は、不思議そうに首をかしげる。

『書道は中学でもやっていましたよ』

「あっ、そ、そうだよな……うん。ごめん……なんか、ぼーっとしてたのかな……」

下手《へた》なごまかしに、宮崎は少々怪訝《けげん》な顔を見せていた。

この想い、心に秘めていても仕方がないのかもしれない。

俺はついに、このモヤモヤを吐き出すことにした。

「……この前さ、先生に聞いちゃったんだ、宮崎の……弟子入りの話」

その言葉に、宮崎は目を丸くする。

「応援しなきゃって思ってるんだ。宮崎の大好きな書道のためだから、背中押さなきゃって、でもなんか……やっぱ、付き合いたてだからかな……ずっと悶々《もんもん》としてて……」

宮崎はすべて理解したようで、スケッチブックにペンを走らせる。

気のせいかもしれないが、その若干《じゃっかん》激しい音は、苛立ちを表しているようにも感じられた。

満を持《じ》して、答えの書かれたページがこちらを向く。

『行きませんよ』

あまりに簡潔な回答に、俺は拍子《ひょうし》抜《ぬ》けした。

「えっ……ずっと迷ってたんじゃ……」

『たしかに少しは考えましたけど、もうとっくに決めました』

『三日ほど前に、お断りの連絡を入れました』

「えー……」

ということは、この思い悩んだ数日間は、無駄だった……？

脱力感と安堵《あんど》感が、ため息となって噴射された。

「で、でも先生は……宮崎が書道を続けるなら、行ったほうがいいって……」

『書道はどこでだってできます。それに一応プロと同居してますし』

一応って。宮崎の先生への扱い、けっこうひどいな。

「いや、でも……ホントよかったー……」

胸にあったモヤモヤは、砂時計のようにさらさら落ちてなくなる。心が軽くなった気分だ。

だが宮崎は、そうもいかないようだ。彼女の目からなにか凄《すご》みを感じる。

「み、宮崎、さん……？」

呼びかけると、宮崎は電光石火で書き込む。怒りの度合いが速度と筆圧に表れていた。

『もし私が青森に行きたいって言ったら、どうする気だったんですか？』

「え……そりゃやっぱり、背中押すべき……へぶ」

スケッチブックが顔にヒットした。宮崎は慌てて申しわけなさそうにへこへこ謝る。勢いあまって距離感を間違えたらしい。

『おさないで』

スケッチブックにはこう書かれていた。

「……んん？」

しかしその言葉だけでは、正直まだよくわからない。そんな顔をしていたら、宮崎の怒りをさらに誘発してしまう。頬がぱんぱんに膨《ふく》らんでいた。

恥ずかしさを押し殺し、顔を真っ赤にし、けしてこちらは見ず、肩を震わせながら。

彼女は、切《せつ》ない想いを口にする。

「とめてくれなきゃ、やです」

ただひとつその言葉で、俺はようやく理解した。

己の愚《おろ》かさを呪《のろ》い、俺もあるがままの気持ちを伝える。

「……絶対、行ってほしくない」

こくん、宮崎ははっきりとうなずく。

「宮崎といっしょにいたい」

何度でも彼女は首肯《しゅこう》する。その通りだと、間違ってないと言うように。

「ひとつ、野暮《やぼ》なことを聞いてもいい？」

宮崎はうなずくと、ぴょんとスケッチブック一冊分距離を詰めてきた。

「じゃあ今、夢中になってるものってなに？」

至近《しきん》距離にある彼女の目は、芝居《しばい》っぽくキッと睨《にら》む。

人差し指がゆっくり近づくと、俺の眉間《みけん》をつんと突いた。

何度目かのキスにはもう、たどたどしさはなかった。

離れた唇に残る彼女の感触は忘れ難く、本能が求め続ける。

再び近づく宮崎の唇。触れあう直前、彼女の肩越しに見えた窓の外には、夕刻の空にまん丸の月が浮かんでいた。


「大丈夫か?」

俺の問いに宮崎は、こくっとうなずいて立ち上がる。

玄関を出ると、外はもうすっかり暗くなっていた。

俺と宮崎は手をつなぎ、名残惜《なごりお》しく駅までの道を進む。

隣をひょこひょこと歩く彼女は、夜空の星をぼうっと眺めていた。

「宮崎と出会って、なにもかも変わったなあ」

なんとなく思いついたことを口にすると、宮崎はくすくすと笑った。

彼女はつないだ手を離し、スケッチブックを開く。

『私は、勇気を出してよかったと、いつでも思っていますよ』

「勇気?」

首をかしげると、彼女は懐《なつ》かしい文言《もんごん》を再現した。

『春は好きですか？』

「ああ、なるほど」

こほんとひとつ咳払《せきばら》いをし、俺は再びその質問に答える。

「はい、好きです。でもすみれさんのほうが、もっと好きです」

恥ずかしげもなく宣言すると、宮崎は歯を見せて笑っていた。

再び、どちらからともなく手をつなぐ。

この手は、ふたつの心は、絶対に離れることはない。なにがあったとしても。

そのときは、そう思っていた。

＊＊＊

その日、俺とすみれは弥生・恵成とともに学校の図書室へ来ていた。

協力して夏休みの宿題を駆逐《くちく》してしまおうという魂胆《こんたん》だ。

「菫ー、ここ教えてー」

弥生は向かいの席に座るすみれへテキストを突き出す。

微笑ましい光景のようだが、実はこの一時間で、これが五度目である。

「弥生、あんますみれに頼るな。自分の勉強ができないだろ」

「なんだよー、自分だって教えてもらってるじゃーん」

「隣に聞けよ。恵成だって頭いいんだから」

「えー、恵成教えるのヘタなんだもん」

寝耳に水といった表情で顔を上げる恵成はさておき、すみれは傍《かたわ》らのスケッチブックにこんなことを書き込む。

『私は大丈夫だよ。蒼くんもどんどん聞いて』

「ほらー、菫もこう言ってんだし」

「はあ……わかったよ。でもほどほどにしろよ」

そう応じるも、しつこい弥生はぶつぶつと小言を続ける。

「だいたい蒼はみみっちーんだよ。彼氏だからって菫を独占して」

すみれは「まあまあ」と手でなだめる。が、すみれももれなく弥生の標的だった。

「菫も、蒼の隣から絶対離れないしー！　さっき蒼がトイレ行ったときも、その後ろ姿を子犬みたいな目で……いたい！　ごめん！」

すみれのスケッチブックアタックには、さすがの弥生も戦意を失うらしい。

「でもたしかにふたり、恋人らしくなったよな」

そこへ恵成も話題に入ってきた。

「物理的にも精神的にも距離が縮《ちぢ》まった気がするよ。なによりいつの間にか名前で呼び合って、

　宮崎さんもタメ口になったし」

「まあ……いろいろあったんだ」

　いざそんな話になるとまだまだ気恥ずかしい。隣を見れば、すみれも顔を紅潮《こうちょう》させている。

「いろいろってなんだこらバカップル！　詳《くわ》しく聞かせろ！」

「うるせえ、いいから早くわからないとこ教えてもらえ」

　後がつかえてるんだ。弥生ばかりずるい。

「わかったよー。ま、昼ごはんのときにでも根掘り葉掘り聞くかねえ」

　そのとき、すみれはなにかハッとする。カバンをまさぐり、ひとつの巾着袋《きんちゃくぶくろ》を取り出した。

「どうしたすみれ。それ弁当か？」

『これ、灯子ちゃんの忘れ物。持ってきてって連絡きたんだった』

　なるほど。これをあの腹ぺこ教師に届けなければいけないのか。

　すみれは弁当を手に立ち上がるも、目の前でさみしそうな演技をする弥生を見て、固まる。

　先生か弥生か、頭の中でせめぎ合っているのだろう。

「じゃあ俺が持ってくよ。俺も先生と話したいことあるし」

　了承してくれたようで、すみれは弁当を手渡してくる。

『ごめん、ありがとう蒼くん』

　お礼の言葉を一目見て、俺は図書室を後にした。

書道室に入ると、小花衣先生は飛びかかるように弁当を奪っていく。

「遅いのよもーっ！」

そんな文句を垂《た》れながら、先生はすみれ特製の弁当をかっこんでいた。

「はー生き返る！　いいでしょう、スミレのお弁当」

「素直に肯定しておきます。それよりいいんですか、こんな早くに食べて」

時刻はまだ十一時を回ったばかり。ランチタイムにはまだ早い。

「今日は教頭にいびられてむしゃくしゃしてたから、我慢《がまん》できなかったの」

それを皮切りに、教頭への愚痴《ぐち》がどばどばと流れ出てくる。しかし食べる手は一切《いっさい》止めず、あっという間に完食するのだった。

教頭の顔は思い出せないが、おそらくこの人にも原因はあるのだろう。

「それで、なにか用？　わざわざあんたが来たってことは、なにかあるんでしょ？」

寝転んで食休みをとる先生はそう尋ねる。さすがに察しがいい。

「弟子入りの話ですよ。聞けばすみれはハナから乗り気じゃなかったらしいじゃないですか」

「あら、それがどうしたの？」

「あの口ぶりじゃ迷ってるもんだと思いますよ……わざと俺の不安を煽《あお》ったんでしょ？」

「それは受け取り方の問題だと思うんですけどー？」

正論だが、その顔は俺を小馬鹿《こばか》にするそれである。

「それに、スミレにとって行くべきなのは本当よ。香月先生の育成能力はたしかなんだから。スミレの素直さと交われば、間違いなく化学反応が起こる」

「そんなこと言って、すみれが出て行ったら一番困るのは先生でしょ」

「あたりまえよ！　あんたが思ってる三倍はなにもできないからね、私！」

もしそうなら、先生は洗濯機を爆発させるレベルになるな。

「それにあの子は……いや、まあいいわ」

中途半端なところで言葉を区切る先生。どこか意味深な目線を俺に向けていた。

気になるが、聞いてもどうせ教えてもらえないだろう。

「ただ香月先生は諦《あきら》めてないみたいよ。気が変わったら連絡ちょうだい、なんて言ってたし」

「よっぽどすみれのこと気に入ってるんですね。ところで、先生もその香月先生のところ出身だったりするんですか？」

「いんや。私はそんなエリートじゃない」

香月先生の弟子というルートはエリートなのか。そもそも書道界にエリートとかあるのか。

「じゃあ先生はどうやって書道家に……」

「教えるわけないでしょ」

「ですよねー」

すみれと付き合うことは認められても、先生はまだ俺を目の敵《かたき》にしている。

ただ最初の頃と比べれば、丸くなってはいると思うが。

「それより……最近スミレの雰囲気変わったと思わない？　特にあんたの家行った後から……」

「あ、俺そろそろ行きますねー」

制止の声はスルーし、俺はそそくさと書道室を脱出した。


無人の教室を尻目《しりめ》に、蒸し暑い夏休みの廊下を行く。

図書室へ戻れば再び英文地獄だ。すみれの手前カッコつけているが、かなりしんどい。

でもあと少しで昼休憩《きゅうけい》だ。そうすればまたすみれの弁当が食べられる。

怠惰《たいだ》半分期待半分で歩いていた、そのときだ。

「あれ、島崎くん？」

そんな声が背中にかけられる。みみこ先生だった。

「どうも、み……河見《かわみ》先生」

言い直したのは、みみこ先生の隣にもうひとり先生がいるから。みみこ先生よりも二十以上は年上だろう女性。見たことはあるが、だれかはわからない。

「どうしたの、夏休みに」

「図書室で勉強しているんです。友達と」

「宮崎さん？」

「……弥生と恵成もいますよ」

最近俺をいじることに快感を覚えたみみこ先生である。

「そうだ、教頭先生。彼が島崎くんですよ」

えっ、教頭？　この人教頭なの？

心の中で驚嘆《きょうたん》する俺を見て、教頭先生は「君が！」と声を上げた。

「河見先生から聞いているわ。あの宮崎さんと仲良くしてくれているんですってね」

「あ、はい」

変な紹介の意味がわかった。すみれの存在は、職員室でも知れ渡っているということだ。

教頭先生はその後も大げさな口ぶりで俺を褒めてくださる。

だが小花衣先生から愚痴を聞いたばかりだからか、その言動はどれもわざとらしく感じられた。たぶんだが、俺も苦手なタイプだ。

適当に相槌《あいづち》を打ちながら、早く図書室に戻りたいなあ、と心で思う。

しかし、何気ない彼女の言葉が――。

「本当に、ボランティア精神に溢れた生徒なのねえ」

俺に、形容できない感情を芽生《めば》えさせた。

「…………」

うまく表現できない。

ねっとりとした物質がみぞおちの奥にはりついたよう。

それはただ不快という言葉では片付けられない、異常な感覚だった。

ふたりの先生が去っていた後、図書室に向かっていた俺だったが、ふとその足は止まる。

気づけば長い間、不気味なくらい青い夏空を見つめていた。

どうしてかはわからないが、俺は今、すみれと顔を合わせたくなかった。


「蒼、どうしたの？」

見れば弥生の声に顔を上げる。

弥生だけでなく、すみれも恵成も俺を見ていた。

「い、いや……すみれのだし巻きがうますぎて、浸《ひた》ってたんだ」

「けー、はいはいごちそうさまでーす」

弥生は飽き飽きとした顔でサンドウィッチを口に含む。すみれはというと、恥ずかしそうに顔を赤らめていた。

現在は昼休憩。みんなで空き教室に入り、昼食をとっている。

そのさなか、どうにもぼーっとしてしまっていたらしい。

あまつさえ、ウソをついてしまった。

「あたしのタマゴサンドをうめえうめえ言って食べてた蒼が懐かしいよ」

弥生は遠い目をしながらそんなことを言う。

それに対し、すみれの眉《まゆ》がピクッと反応した。

「弥生のタマゴサンド、たしかにうまいからなあ」

恵成の言うように、弥生のタマゴサンドは絶品だ。普段の振る舞いからは考えられないが、やつはけっこう料理上手なのだ。

すると弥生はあろうことか、件《くだん》のタマゴサンドをぐいぐい押しつけてきた。

「おら思い出せ蒼ー。あの頃の思い出を、あたいのタマゴサンドでリメンバーッ！」

「うお、やめろ！　食うっ、食うから！」

慌てて大口を開くと、タマゴサンドがねじ込まれた。

「……あいあい、うめえよ」

褒めておくと、弥生はうれしそうな顔で俺の頭をがしがし撫でた。

刹那《せつな》、ジリつくような視線が突き刺さる。

「す、すみれさん……？」

すみれは燃えるような瞳で俺を見つめていた。その頬はぷっくりかわいく膨らんでいる。

平たく言えば、ものすごく嫉妬《しっと》していた。

「あーら、ごめんあさーせー」

狙《ねら》っていたのだろう弥生は楽しそうな顔で俺から離れる。このトラブルメーカー、争いごとを生まないと気が済まないのか。

「す、すみれ……だし巻きもうひとつ食べたいなあ。すみれのだし巻きはおいしいからなあ」

『またタマゴサンドもらえばいいんじゃないですか？』

「敬語に戻ってる！」

意外と嫉妬深いすみれさんであった。

「そうだ、蒼なんて卵の食い過ぎでコレステロール値《ち》爆上げして……いたい！」

すみれの後追いで口撃してきた恵成は、躊躇なくひっぱたく。

おまえの嫉妬はどうでもいい。

＊＊＊

「募金おねがいしまーす」

駅に着くと、こんな声が聞こえてきた。

本日はすみれとのデート。予定はなにも決めていない、るろうのデートになるだろう。

約束の十五分前。俺は駅前にてすみれを待っていた。

目の前では、募金ボックスを持って並んだ大学生と思《おぼ》しき団体が声を上げている。傍らには

『恵まれない子供たちのために』と書かれたのぼりがあった。

そこへ通りかかった年配の女性二人組は「偉いわねえ」「立派《りっぱ》ねえ」などと声をかけ、募金ボックスに硬貨を落とす。

「…………………」

教頭先生の頭の中にいる俺は、彼らと同じなのだろうか。

教頭先生だけじゃなく、他の先生方、もしかしたらみみこ先生も。

そう思ったら、心がざわめいた。

『お待たせしました』

突然視界を覆《おお》うスケッチブック。すみれがぴょこっと飛び出した。

いつもと変わらない、俺の彼女の笑顔だ。

「……待ってないよ。それじゃ行こうか……って行っても、どこ行くか決めてないけど」

『今日は都電に乗りませんか？』

「おお、それは面白《おもしろ》そうだな」

早速計画が決まったところで、俺たちは都電の停留所へ向かった。

都電独特の振動に揺られること十分、馴染みのない駅で下車してみた。

駅を出てすぐの商店街で、グルメ漫画のように店を吟味《ぎんみ》する。悩んだ末に入った洋食屋のオムライスはとびきりおいしく、ふたりして興奮《こうふん》した。

腹ごしらえを終えると、都電の線路に沿って歩く。

区の庁舎ビルを横目に住宅街を進むと、空の高い場所に出た。

「なんか俺たち、墓地ばっか来てるな」

すみれは笑いながら、口の形だけで「たしかに」と表す。

一面墓石の並ぶ霊園。振り向けばサンシャインビルが見下ろしていて、なんとも変てこな雰囲気が漂っていた。

蟬の喧噪《けんそう》を浴びながら、できるだけ日陰《ひかげ》を選んで歩く。

あたりまえのように、この手は結び合っている。すみれのほうからつなぐようになったのはごく最近のことだ。

ある程度歩くと、暑さで俺のほうが限界となる。すみれは終始ケロッとしていたが。

なので霊園からほど近い、首都高高架下のカフェにて落ち着くことに。

「すみれって暑くても平気そうだよな。我慢強いタイプ？」

『暑いのはわりと大丈夫かも。でも、寒いのはすごく苦手』

『冷え性だから手がかじかんで、スケッチブックにうまくかけなくなるし』

そうか。すみれの場合、そんな弊害《へいがい》もあるのか。

きっと俺が思っている以上に、筆談生活というのは大変なのだろう。

「この際だから聞くけど……しゃべれないせいで不便になることって、他にもあるの？」

聞きにくかったことを尋ねてみると、すみれはすんなり答える。

『一番はやっぱり、食べてるときとか歩いているときに会話しにくいことかな』

「ああ、だよなあ……」

いくら筆談に慣れているといっても、別のことをしながらスケッチブックにものを書くのは難しい。それはすみれと多くの時間をともに過ごした俺も感じていたことだ。

『でも蒼くんは私がなにも言わなくても、ずっと気をつけてくれていたよね』

「え、そう？」

『食べてるときとか歩いてるときは、スケッチブックを使わなくてもいいように』

『うなずくか首を振るかで済む話題に誘導してくれてたでしょ？』

事実といえば事実だが、そんな面と向かって発表されると恥ずかしい。なによりすみれには
バレないよう自然にしていたつもりなのだから。

「でも……そっか。やっぱ俺が思っているより大変なんだな」

すみれは目線を落とし、小さくうなずく。

ただすぐにその目をスケッチブックに向け、背筋《せすじ》を伸ばした。

『たしかに面倒《めんどう》なことはいっぱいあるけど、いいことだってあるよ』

「いいこと？」

聞き返すと、すみれはたおやかな笑みを浮かべ、その答えを記す。

『このおかげで、私は蒼くんと出会えたと思ってる』

『こんな私だから、蒼くんの本当の優しさを知れたんだよ』

「……そっか」

ふたりの握り合う手は、さらにぐっと強くなる。

すみれは頬をピンクに染めながら、ありったけの誠意がこもった瞳で、俺を見つめていた。

「…………………」

だがそのとき、俺の頭の片隅《かたすみ》には、きれいじゃない思いも存在していた。

それは、絶対にすみれには言うことのできない薄汚れた感情。本当はこんなこと考えたくもないのに、次から次へ思考を奪っていく。

のちに気づくことになる。

俺は教頭と話したあの日から、少しずつおかしくなっていたのだ。

すみれの最寄《もよ》り駅に着いたところで、本日のデートは締めとなる。

すみれは名残惜しさを顔に出しながら都電を降り、扉が閉まっても延々《えんえん》と俺に手を振っていた。

俺もいつもの駅で下車し、帰路につく。

ここで、思わぬ人物と遭遇《そうぐう》した。

「よお、蒼」

「恵成か。どうした、こんなところで」

「DVD返しに行ってたんだよ。おまえは？」

「デートの帰り」

「よし、喉笛《のどぶえ》かっ切ってやる」

突然物騒になる親友である。

「いいですねー彼女持ちは。充実した夏休みのようで」

「……まあな」

「……どうした？　あまり愉快《ゆかい》じゃなさそうだぞ」

恵成は心配そうに俺の顔を覗《のぞ》きこむ。

どう答えようか悩んだが、そのときの俺は思った以上に参っていたらしい。

相談事があると言って、恵成を喫茶店に誘った。

「珍しいな、おまえから相談を持ちかけるなんて。それで、どうしたんだ？」

どう伝えようか、考える。

俺自身一体なにで悩んでいるのか、この感情をどう表現すればいいのか、よくわからなかった。

「なあ、恵成……すみれって、かわいいよな？」

「は？　のろけか？」

「ちがうよ、真面目《まじめ》な話だ。客観的に見て、すみれはかわいい部類に入ると思うか？」

恵成は眉間に皺《しわ》を寄せながらも、首を縦《たて》に振った。

「うん。お世辞《せじ》じゃなく、けっこうかわいいほうだと思うけど……」

「そうだよな……そう、なんだよ……」

「なんだよ、結局なにが言いたいんだ？」

ぽつりぽつり、心の膿《うみ》を吐き出していく。

「俺さ……すみれを救えたのは俺だけ、なんて心のどこかで思ってたんだ」

「……いや、その通りだろ。蒼が宮崎さんと仲良くなったからクラスでも馴染んで、最近じゃ俺や弥生にも十文字のこと言ってくれて、距離も縮まったじゃん」

「それは……結果論だよ」

「……どういうことだ？」

「つまりさ、俺がどうこうしなくても、どこかのだれかがすみれを救ったと思うんだ。だってすみれはかわいいんだから、放っておかないだろ」

恵成は驚きとともに、苛立ちを顔に浮かべはじめる。

「俺とすみれが出会ったのは、ただの偶然だよ。運命的って言えば聞こえはいいけど、つまりはだれでもよかったんだ。本当だったらいつか王子様みたいなやつが、教室で孤立してるすみれに声をかけて結ばれるべきだったんじゃないかって、そう思ってしまうんだ」

俺は弥生や恵成に背中を押されなければ、いつまでも彼女の孤独を見て見ぬ振りしていた。

そんなやつ、王子様にはなりえない。

「蒼……どうしたおまえ。考えすぎにもほどがあるぞ」

「でも、事実だろ」

「事実じゃない、それは妄想《もうそう》だろ。なにより、ふたりは付き合ってるじゃん。宮崎さんは蒼が好きだから付き合ってるんだろ？　宮崎さんにとって王子様は蒼しかいないんだよ」

「……本当は、そうじゃなかったら？」

恵成はこの問いに、口調を荒らげながら聞き返す。

こんなこと思いたくない。でも、脳にへばりついて離れないのだ。

「告白した当時、すみれにとって俺は一番の友達だったろ……そんな人間からの告白を断って、関係がこじれるのが嫌だから、しかたなく付き合って……」

「蒼ッ！」

突如《とつじょ》立ち上がり怒鳴る恵成。

周囲の客が注目していることに気づいた彼は、一瞬で頭を冷やしたようだ。一度頭を下げてから座ると、無理やり気持ちを抑えたような声で語る。

「そんなわけないだろ。宮崎さんがそんなこと……」

「でも、そうじゃないって証拠はないだろ」

「……蒼、どうしたんだよ……一体なにを考えてるんだ……？」

悲しそうなその声に、俺も頭が冷えていく。

すみれの考えていたことなんてわからない。恵成の言う通り俺たちは現在付き合っていて、まぎれもなく幸せなのだから、過去を掘り下げる必要はない。

それでも疑ってしまうのは、惑《まど》っている自分を棚に上げたいだけなんだ。

俺はいつしか彼女を『好き』になっていた。

すみれを守りたいと思ったのだ。

でも、この感情は――。

「本当に、ボランティア精神に溢れた生徒なのねえ」

恋？　それとも、ボランティア精神？

「……わからないんだ……俺は、俺のすみれへの想いが、なんなのか……」

情けなく頭を垂れ、声を震わせる。

そんな俺を見て恵成は、嘆息《たんそく》するように諭《さと》した。

「蒼……今のおまえはどうかしてるよ。一回頭を冷やしてじっくり考えろ。それまで宮崎さんには逢《あ》わないほうがいい。ましてさっき言ってたことなんか、絶対に言うなよ」

そう言って恵成は、ぬるくなったカフェオレをぐっとあおった。

＊＊＊

恵成に言われた通り、翌日はすみれと逢わなかった。

聞き入れる義理はないが、俺自身現在まともではないことはわかっているのだ。

だがそのさらに次の日、なんの因果《いんが》か俺とすみれはいつもの公園で顔を合わせていた。

『急に呼び出しちゃってごめんね』

皮肉にも、すみれのほうから誘いがきてしまったのだ。

用があるとウソを言って断ればよかったのだが、本能がそれを拒《こば》んだ。

「大丈夫だよ。で、どうしたの？」

おそらくただ逢いたかっただけだろう。そう思い、話題の種《たね》を選別していたときだった。

『聞きたいことがあったんだけど、いい？』

予想に反してすみれはこんなことを書き出した。

「うん。いいよ、なに？」

『この前、弥生さんと上原くんといっしょに図書室で宿題をした日なんだけど』

鼓動が一瞬にして激しくなる。

『あの日、蒼くんが灯子ちゃんにお弁当を届けに行ってから』

『ずっと様子がおかしいような気がして』

『もしかして、灯子ちゃんにまたいじわるなこと言われた？』

「……え？」

『もしそうなら、私が灯子ちゃんとっちめてあげるよ』

すみれはいたって真剣な表情で、スケッチブックをぶんぶん素振りする。

少しズレたすみれの見解に、俺はつい笑ってしまった。

そりゃそうだろう。すみれが教頭先生との会話なんて、知る由《よし》もない。

「いや、ちがうよすみれ。小花衣先生は少しも関係ない。とっちめないであげて」

おかしくて笑いながら告げると、すみれは「え、そう？」みたいな顔をする。

『でも、なにかで悩んでいるのは本当なんだね？』

「うっ……いや、そんなわけじゃ……」

『ダメ』

『あの日から蒼くんがおかしくなったのはわかってるんだから、ちゃんと言って』

『彼女なんだから、ウソはつかないで』

「……ごめんなさい」

謝ると、すみれは俺の頭をくしゃくしゃ撫で、ふんと胸を張る。

俺の勝手な想像だが、弥生が俺を撫でるのを見て、自分もやりたくなったのだろう。

さて。そこで俺はどうしようか迷った。

適当にお茶を濁《にご》すことはできる。

だが、もうすみれにウソはつきたくなかった。

「……夢を見たんだ」

不思議そうな顔をするすみれへ、俺は物語を綴《つづ》る。

「夢の中でだれかがさ、俺に言うんだ。おまえは傲慢《ごうまん》なんじゃないかって。すみれと俺があの雨の日ここで遭遇したのは偶然で、仲良くなろうと勇気を出してくれたのはすみれなんだから、俺じゃないだれかとでも、すみれと結ばれたんじゃないか……ってさ」

すみれはまばたきもせず、呆《ほう》けたような顔をしている。

「……で、俺がそんなことない、すみれと俺は愛し合ってるんだ、って反論すると、そいつはこんなことを言うんだ。すみれにとって俺は友達だったから、告白を断りたくても断れなかったんじゃないかって……そこで目が覚めるんだ」

我ながら稚拙《ちせつ》なストーリーだが、思っていることを伝えることはできた。

すみれは把握《はあく》できたのかどうか判断できない無表情で、さらさらと書きはじめる。

『それで悩んでいたの？』

「……うん」

『私がそう考えているって、思っていたの？』

「いや……そんなことないって信じたかったけど……なんか、不思議と記憶に残る夢で……」

目線を落としつつ、乾いた笑いを作ってみせる。

直後、目に星が飛んだ。

「いって……え？」

頭への衝撃で顔を上げる。俺は言葉を失った。

すみれが、泣いている。

目をつり上げ、唇を噛みながら、彼女はスケッチブックを振り上げていた。

「すみ……いてっ！　いたいっ、いたいって！」

いくら止めても、すみれはスケッチブックで俺の頭を叩き続ける。

そのギラギラした目からは、涙が流れ続けている。

すみれの中の感情は今、怒りと悲しみのみに振り切っているようだった。

俺はもう痛覚すら忘れ、ただ驚愕《きょうがく》していた。

少しずつ、怒りの炎は弱まる。スケッチブックでの殴打《おうだ》も勢いがなくなっていく。俺がプレゼントしたそれは、もうボロボロになっていた。

憤怒《ふんぬ》が悲哀に変換され、すみれはとうとう膝《ひざ》から崩れ落ちる。

「すみれ、ごめ……」

「そんなわけないッ！」

鼓膜《こまく》が切り裂けそうなほどに響く、彼女の声。

「私は――」

だがその声は、消え入るようになくなった。口を動かしても、声が音にならない。

十文字の制限だ。こんなあからさまな限界点は、はじめて見た。

彼女はひどく苛立ちながら、ひん曲がったスケッチブックを開く。

『私はそんなに弱くない』

いつもの秀麗《しゅうれい》な文字は、そこにはない。感情が乗り移ったように激しい字だ。

『私はそんなことで男の人と付き合ったりしない』

『ぜんぶ偶然なんかじゃない』

『私は本当に』

そこまで書いたところでスケッチブックが滑り落ちる。震える手はぐちゃぐちゃになった顔を覆《おお》い、糸が切れたようにうなだれた。

「すみれ……ごめん」

すみれは一切反応しない。

「ごめん……本当に。俺も、本気で思ってたわけじゃなくて……」

声をかけても頭に触れても、すみれは顔を上げない。指の隙間《すきま》から滴《したた》り落ちる涙が、コンクリートの地面を濡《ぬ》らし続ける。

「すみれが俺のことを好きでいてくれてるって、わかってる……俺もすみれが好きだから……でも少し、不安だっただけなんだ……ごめん、なに言ってんだろうな……ホント、ごめん」

するとすみれは顔を上げる。ハンカチで顔を拭い、ひとつ深呼吸をした。

そして再びスケッチブックを持つ。

『不安なのは、蒼くんだけじゃないんだよ』

「え……？」

どういう意味なのかわかりかねたが、その真意をすみれは記さなかった。

その代わり、憮然《ぶぜん》とした表情でこんな言葉を掲げる。

『スケッチブック、こんなことになった』

「……うん」

『また買って』

「……うん。池袋のあの店でいい？」

すみれは子供のように赤くなった顔で、深くうなずいた。

そうして無造作《むぞうさ》に手を突き出してくる。

重ねた手は熱っぽく、握る力は骨が軋《きし》むほど強く、痛い。

バスに乗っている間も、駅ビルを行く中でも、その手は一向に離れようとしなかった。

罪滅ぼしは、新品のスケッチブックとカフェのケーキセットでまかなわれる。

しかし、即物的なもので傷が癒《い》えるほど、すみれは子供ではない。わかっている。

でも今はまだ、どうすることもできなかった。

＊＊＊

すみれを泣かせてしまった日から数日後、弥生から誘われた。

指定されたファミレスに到着すると、弥生はニンマリとした顔で俺を迎える。

「やあ、女泣かせ」

「……なんで知ってんだよ」

「菫から連絡があったの。あの子も動揺してたからって、あたしに相談するとはねぇ」

弥生はそう言ってケタケタ笑っていた。

「……それが言いたくて呼んだのか？」

「そんなヒマじゃない。てゆーかささくれ立つんじゃないよ。あたしだってあんたたちがこのままじゃいけないと思ったから、わざわざ呼び出したんだよ」

「そうか……すまん」

弥生は「わかればいい」と言ってぐりぐり頭を撫でる。

「それで本題だけど……まずなんであんなこと言ったのかは、聞かないであげる」

それは、意外なやさしさだった。

「……まずそこを聞き出してくるのかと思ったわ」

「気になるのはもちろんだけどね。あんたの発言、まったく理解できないんだもん。でも今更《いまさら》どうでもいいし。だから今日呼び出したのは、尋問《じんもん》じゃなくて説法《せっぽう》」

「説法？　説教じゃなくて？」

「あたしゃ生まれてこの方彼氏いない歴継続中。色恋の説教なんて頼まれてもしたくないわい。だからせめて、菫って女の子を教えてあげようってわけよ」

弥生は賑やかな雰囲気を一変し、止水《しすい》のように落ち着く。

「私はそんなに弱くない、って言ったらしいね、菫」

静かに尋ねる弥生。俺は無言でうなずいた。

「こう言っちゃ悪いけど、あたしはそうは思わないわ。あの子は弱い」

「……うん」

「あんたもよくわかってるでしょ。菫の人間関係における価値観はかなり幼い。それがイコール弱いってわけじゃないけどね」

「……うん」

「そんなあの子に、あんな不安を煽るような言葉かけちゃダメ。ただでさえ『言葉』ってものを人一倍意識して生きてるんだから。……言いたいこと、わかった？」

しっかりうなずくと、弥生は満足そうに微笑み、こう付け足す。

「反省できたなら、あとはもう気にしなさんな。人間なんだから、ケンカするのはあたりまえ」

「ケンカというか……俺が一方的に叱《しか》られたんだけどな」

「ならもっと安心ね。尻《しり》に敷かれること確定なわけだ」

弥生はにひひーっと声を出して笑う。

そこで、弥生には似合わないシリアスな話題は終了した。

「しかしまさか弥生にこんなことを教わる日が来るとはな」

「おおっと、やさしさを見せた直後に暴言かミスターブルー」

「いや、わりと本気で感謝してるってことだ」

弥生は「なるほど……なるほど？」と納得には至《いた》っていないようだった。

「色恋は後輩みたいなこと言ってたけど、本当なのか？」

普段は破天荒《はてんこう》だが、数秒前に見ていた弥生はとても頼りになる。

少なくとも俺なんかより、よっぽど恋愛を経験していそうな雰囲気だった。

「ホントよ。……ま、失恋はなきにしもあらずってとこかね」

「えっ！　ウソ、失恋したことあるの？　そもそも恋をしたことあったの？」

「失礼だな君は！　あたしだって女の子ぞ！」

「だれだれっ？　俺とか恵成が知ってるやつ？」

「言わねえし。てゆーか聞き流せし」

どうやらこの話は心底《しんそこ》したくないようで、弥生はそっぽ向いてストローを噛みだした。

ここでふと、弥生がなにか思い出したようだ。

「恵成といえば、あいつもあんたのこと心配してたよ」

「あー……そういや恵成は呼ばなかったのか？」

「呼んだよ。じーちゃんち行ってるんだって。あんたと菫のことで問題ができた、って言ったら『あのバカは……』とかかっこいいセリフ吐いてた」

その様子だと、今もやつは俺を気にかけているだろう。あとでフォローしておかないと。

俺は弥生に、この前の恵成とのやりとりも話した。

弥生は大きなため息をつく。

「その場にあたしがいりゃ、もうちょっと現状は変わってたかもねえ」

「……かもな」

「恵成も優男《やさおとこ》だねえ。やつもやつで心配だよ、いつか変な女に騙《だま》されそうで」

「まるで姉みたいな発言だな」

「みたいなもんじゃない？　え、そうじゃない？」

「…………」

このふたりの関係も、まだまだ一筋縄《ひとすじなわ》じゃいかなさそうだ。

弥生と別れてすぐ、俺は携帯を取り出した。

あの日から逢っていない彼女へ、伝えなければいけないことがある。

メッセージは簡潔に。弥生と会って、いろいろと話を聞いて、改めて反省した、との内容をじっくり三十分かけて作り、送った。

返信は早かった。ただその分内容は短い。

「弥生さんとふたりで話したの？」

気になるのそこなのか、との疑問はあったが、俺は事実の通り答える。

「そう。私もこの前は感情的になりすぎた。叩きすぎた。ごめんね。仲直りしたい」

送られてきたのはスケッチブックに書かれるものとはちがう無機質な文字。

でもそこからは、たしかな温かさを感じた。思わず口元がほころぶ。

こうしてこの事件は一段落したのだった。

＊＊＊

しかしながらその余波は、そうやすやすと消えてなくなりはしなかった。

俺とすみれは改めて仲直りという意味を込め、映画館デートに来ていた。

映画を観《み》終わった現在は、近くのカフェで感想を述べ合っている。

「やっぱあの女優さんは、切ない心情を表現するのがうまいよなあ」

すみれは俺の意見にこくこくとうなずき、自身の意見も書き出す。

『監督さん特有のしっとりした空気感にマッチしてたね』

彼女も映画やドラマはよく観るようで、このような凝《こ》った感想も述べる。

にこにこと、今日のすみれはいつも以上に笑みが見られた。

俺も同様で、朝から笑顔を心がけている。

ふたりはまるで、映画のワンシーンを演じているようだった。

「あ、あと終盤のあのシーン。ずっと本音を隠してた子が感情的になるところ……」

すみれもそのシーンを思い出したようで、さらさらと意見を書く。

「あそこすごいよかったよな！　あの瞬間、雰囲気が一変したというか……ん？」

なぜかすみれはピタッと動きを止める。そして俺の目を盗んでページを戻そうとしたが、不運にも俺は気づいてしまった。

「どうした、すみれ？」

すみれはいやいやとかたくなに首を振る。

気になった俺は、多少強引だがスケッチブックを摑んで見てみた。

『ちょっと唐突すぎて、違和感』

すみれは気まずそうな表情で、目を逸《そ》らす。

ちょっとだけ胸が痛んだ。きっとそれは、意見が噛み合わなかったからではない。

「……すみれ、遠慮しなくていいんだぞ」

言及するも、すみれは大仰《おおぎょう》に首を振る。

『でも、いいシーンだとは本当に思ったから』

「……そうか。うん、そうだよな」

その後、俺はすぐさま話題を変えた。

納得したからではない。引くべきだと判断したのだ。

それはある種、すみれのやさしさだ。元来持っているもので、何年、何十年いっしょにいても変わらないものなのかもしれない。

でも俺はそのとき、そんな彼女に少しだけ、煩《わずら》わしさを覚えてしまった。

気持ちを切り替えようと差し支えのない話を展開する。

ふたりの顔には、再び笑顔が貼《は》りついていた。

＊＊＊

このように、あの事件以降俺とすみれはどこかギクシャクしている。

互いに遠慮しているような、微妙な、居心地《いごこち》の悪い空気感。

ただ楽しいだけだった彼女との時間を、少し窮屈に感じてしまっていた。

そこで俺はこの不安を、大人の女性に相談してみることに。

「知らねえし」

大人の口から、子供のような回答が飛んできた。

汗だくの小花衣先生は、ブラウスの隙間に扇子《せんす》で風を送っている。

デートの終わり、俺たちは例によっていつものベンチで先生と合流した。現在すみれはお手洗いに行っており、先生とふたりきりだ。

藁《わら》にもすがる思いで相談したが、一秒もしない内に後悔することになるとはさすがに思わなかった。

「いや……なんかもっとこう、あるじゃないですか……激励《げきれい》的な……」

「ねえし」

「ねえすか……」

やはりこの人に話したのが間違いだった。

「第一なにがきっかけでギクシャクしてんのかわからないけど、どうせあんたがスミレを怒らせたんでしょ？　じゃああんたがどうにかすべきでしょ」

「……なんで決めつけるんですか」

「そういえばスミレ、この前すごい不機嫌な様子で帰ってきてねえ。なだめるの大変だったわあ」

「すみませんでした」

平に謝ると、先生は「わかればよろしい」と言って俺の頭をぺんぺんと叩く。

「ま、ひとつ言っておくと、あの子の目には良くも悪くもあんたしか映っていないのよ。私や友達、事故とか声のことさえ二の次。頭はあんたでいっぱいなの。良くも悪くも、ね」

最後の一言がやけに強調されているのは、なにか意味があるのだろうか。

そのときの俺には、まだわからなかった。

「そんなあんたに裏切られたら……わかるでしょ?」

「……はい」

先生からの助言も、結局のところ弥生の言ったことと同じだ。

すみれを不安にさせないように。より言葉に気を遣《つか》うべき。

「ホント、初恋ってのは厄介《やっかい》ね」

そこで先生の長い『ひとつ』は終わる。

先生にしては珍しい、直接的なエールをもらった気がした。

「でもアレよね。運命的な結ばれかたをした男女って、案外ちょっとしたほつれで終わったりするのよね。気をつけたほうがいいわよ」

「…………」

後味悪く締めるあたりは、実に先生らしいと言える。

現状ふたりきりで逢うのがまずいのかと、俺は考えた。

ふたりしかいないから、変に気を遣い合ってしまうのだ。ならば他者を交えれば、新鮮な風を取り入れられ、ふたりの関係も修復に繋《つな》がるかもしれない。

そこで俺はすみれだけでなく、弥生と恵成も誘ってみた。

四人で池袋へ出向き、ボウリングに興じ、サンシャイン通りをふらふらと冷やかして回る。

ありきたりな内容だが、ただ楽しいだけの時間が過ごせていた。

しかしただひとつ、小さな違和感がある。

すみれがあまり、俺のそばを離れないのだ。

四人で行動をともにする際、これまでのすみれなら弥生とも仲良さそうにしていた。

だが今すみれは、コバンザメのように俺だけにくっついている。

言及するほどのことでもないが、少し気になっていた。

それはさておき、現在俺たちはファミレスでこの後の予定を決めている。

「パルコ行きたーい。服見たーい」

「ええー、弥生は服屋に入ると長いんだよなあ。な、恵成」

「うーん……」

わがままを言う弥生に不平不満を漏《も》らす俺、曖昧《あいまい》な態度を見せる恵成。隣に座るすみれはそんな様子を他人事《ひとごと》のように眺めて笑っていた。

「甲斐性《かいしょう》のない野郎どもだなあ。男だったら待つのも仕事よ。そんなことより蒼、さっきから気になってるんだけど、頬にケチャップついてるよ」

「え、マジか」

さっきポテトを食べたときだろうか。俺はすぐさまナプキンで顔を拭う。

「あーそっちじゃない。こっちだよ、おらおらー」

弥生は俺の顔へ手を伸ばすと、ガシガシと右頬を拭く。ありがたいが、雑である。

「へへへ、まったくお子ちゃまだねえ蒼くんは」

弥生はケチャップの付いたナプキンを丸め、テーブルに転がした。

ふと、左の太ももに手のひらの体温が伝わる。すみれだ。

「すみれ？」

見れば隣のすみれは、俺の太ももを軽く掴んだまま、目線を落としていた。垂れ下がる髪のせいで目の色は見えない。そんな彼女に弥生も首をかしげる。

「どしたの菫？　あっ、まさかあたしが蒼のお世話しちゃったからーなんつって……」

「ちがうッ！」

すみれの口から飛び出した叫び声が、和《なご》やかな空気を切り裂く。

俺や弥生、恵成もそろって目を見開く。すみれは「あ……」と呟《つぶや》き、俺たちの顔を見比べた。

『ごめんなさい』

そう書かれたスケッチブックに、俺たちは安堵する。

少々うろたえている弥生だが、間髪《かんはつ》入れずフォローを入れる。

「いやいや、あたしのほうこそごめんね、菫」

すみれはそんな弥生を見て、複雑そうに顔を歪《ゆが》ませる。そして小さくうなずいた。

謝罪が済んでも、張りつめた空気は解消されない。

「……それでどうするか、この後」

間《ま》を嫌い、話題を振る恵成。どうにかしなければと俺もそれに乗る。

しかし、焦《あせ》りすぎた。

「そうだな……カラオケとか？　前はみんなでよく……」

「蒼！」

弥生の声に遮《さえぎ》られ、その瞬間失言を自覚した。

見ればすみれは、顔を落としたまま微動だにしない。

数秒前の自分を殺したくなった。

「あ……いや、カラオケはなしだな……」

ペンの走る音が聞こえる。すみれは静かにスケッチブックを裏返した。

『カラオケでいいよ。私は聞いているだけでも楽しめる』

「すみれ……いや、やっぱ別のところにしよう」

『カラオケでいい』

「いや……」

「いいってッ!」

再び、壊れそうな彼女の声が鼓膜を揺らす。

「………」

身を震わせるすみれに、俺たちは触れることさえできなかった。

俺はそのとき、はじめて知ることとなる。

自分のことばかりだったせいで、大切なものが見えていなかった。

いつしかすみれの心も、おかしくなっていたのだ。

＊＊＊

翌日、俺のほうからすみれを呼び出した。

俺たちにとって最初の場所、区立公園にある青い屋根のあずま屋。

朝から降っていた雨は、今になっていっそう強まっている。

すみれはなにを考えているかわからない表情で、そんな空をずっと眺めていた。

「……すみれ、単刀直入《たんとうちょくにゅう》に言うよ。最近のすみれ、ちょっとおかしいぞ」

彼女はちらりとこちらを見ると、にぶい動きで返事を書く。

『そんなことないよ』

「……なくないよ」

『考えすぎだよ。私はなにも変わってない』

「そんなわけないよ……昨日だって、すみれがあんなこと……」

『気のせい』

「……気のせいなわけ、ないだろ……」

ふつふつと、気持ちのよくない思いが湧《わ》きだした。

少しずつ、感情の制御《せいぎょ》が効かなくなっていく。

「言いたいことあるなら言えよ」

『ない』

「ウソつけよ。このところずっと含んだような顔して」

『してない』

「なに怒ってんだよ」

すみれはキッとした顔を上げ、口を開く。が、自制したようだ。口を閉じると、ペンでスケッチブックを叩く。

『怒ってない』

「怒ってるだろ。俺があの、夢のこと言った日から。悪かったよ……いつまでそんな……」

『怒ってない』と書かれたページを開いたまま、彼女はスケッチブックを叩きつけた。勢いは強く、木製のテーブルが痛々しい悲鳴を上げる。

その一撃で、俺もまたひとつ、タガが外れてしまった。

「なんだよ、その態度……そんなことするやつじゃなかっただろ……っ！」

『私のなにを知ってるの』

「知ってるよ！　彼氏なんだから……この四カ月、ずっとすみれを見てきたんだから。でも今みたいなすみれ、俺は知らない……っ！」

『じゃあ、弥生さんみたいだったらよかった？』

「へ……？」

急に話が嚙み合わなくなり、思考が止まる。

「なんで弥生が出てくるんだよ」

『私じゃなくて、弥生さんとのほうがお似合いだったんじゃない？』

「だからなんで弥生なんだッ！　弥生は関係ないだろッ！」

意味がわからず、つい語気を強めてしまった。それにはすみれも怯《おび》えた表情を浮かべる。

「あっ……ごめん」

謝ってももう遅かった。

すみれの瞳に、憎悪《ぞうお》の色がにじみだす。

彼女の中に潜《ひそ》む一際《ひときわ》巨大な爆弾に、この瞬間、火がついてしまった。

『蒼くんはなんで、私と付き合ってるの？』

「え……好きだからに、決まって……」

『本当に？』

「だからそうだって言ってるだろ！」

こちらが感情的になるのに反比例し、すみれはだんだん心を静めていく。落ち着きすぎて、不気味なくらいだ。

さらさらと、事務処理でもするように書き続ける。

『私のこと好きなのに、あんなこと言うの？』

「あんなことって……まさか、また夢の話か……？」

彼女は目も見ず、一度首肯する。

「またそれかよ……何度も言ってるじゃん！　もうそんなことは思っていないって！」

強く否定しても、すみれは表情を崩さない。

『ごめんね、わかってるよ』

『あれは私に気を遣ってくれたんだよね』

「気を遣ったって……いや、そんなんじゃ……」

『蒼くんは、優しいからね』

何度も言われてきたその言葉。だがそれは今、少しもうれしいとは思えない。

「すみれ、聞いてくれ……俺は……」

『蒼くんは優しいから、私と付き合ってくれたんじゃない？』

「え……？」


『私が可哀想《かわいそう》だから？』


それは、魂《たましい》が抜かれるほど美しい筆跡だった。

「なに、を……」

寒くもないのに、歯がカタカタと震えだした。

すみれは書くのをやめない。尋常《じんじょう》でない表情でスケッチブックを叩き続ける。

『同情で付き合ってるんじゃないの？』

『お人好《ひとよ》しで優しい蒼くんは、自分を正当化するために』

『可哀想な私を好きになってくれたんじゃないの？』

「すみれ……」

『でもそれって、本当に好きってことなの？』

『蒼くんの本当の気持ちは』

テーブルを殴打すると、すみれは書く手を止めた。

轟音《ごうおん》を最後に、静寂《せいじゃく》が訪れる。

血がにじむ俺の拳を見て、すみれは絶句する。慌ててハンカチを取り出そうとしていた。

だが俺は、それを待たず立ち上がる。屋根の外へ出ると、土砂降《どしゃぶ》りになっていることにそのときはじめて気づいた。

傘《かさ》を持たない俺は、それでも歩みを進める。

「待ってッ！」

背後から聞こえる声は、涙にぬれている。

「ごめんッ！　蒼くん、私――」

それを最後に、すみれは声を失った。

俺は気にせずその場から離れようとする。その腕が、強引に摑まれた。

『ごめんなさい』

雨と涙で頬をぬらす彼女は、インクのにじむスケッチブックを掲げ懇願《こんがん》するように見つめる。

その瞳は、俺の心に罪悪感をもたらす。

でもう、彼女へのやさしささえ、苦痛だった。

手を振りほどき、俺は無言で彼女から距離をとる。

『ただのケンカだよね？』

『これで終わりじゃないよね？』

顔を歪ませて俺にすがりつくすみれは痛々しく、抱きしめてあげたくなる。だがそんな感情を押しつぶし、俺は歩く速度を速める。

次の瞬間、力ずくで振り向かされたかと思うと、

「ッ！」

唇が重ねられた。歯と歯がぶつかりあい、鋭い痛みが走る。

雨と鉄の味がするそれは、今までのどれよりも、哀《かな》しいキスだった。

俺はすみれを引きはがし、一言告げる。

「……ごめん」

すみれの顔に、絶望がにじむ。真っ赤な目で俺を見つめ、叫ぶ。

「――、――」

だがそれは、音にならない。

今彼女は、世界中のだれよりも声を求めている。神様のいたずらに翻弄《ほんろう》される少女は、その感情を声に乗せようと口を動かし続けた。

それでも伝えたい想いは、俺には届かない。

雨に打たれながら、俺は脇目《わきめ》も振らず公園を出る。振り向くと、彼女はまだついてきていた。

そのときだ。

悲しみを映す彼女の顔から、血の気が引いていくのがわかった。

「――――」

彼女は口を開き、俺になにかを伝えようとしている。

それがなにか、理解したのは零《ゼロ》コンマ数秒後。

「危ない」と、彼女は言いたかったのだ。

鼓膜を裂くようなクラクションと、地面を抉《えぐ》るブレーキの音。雨のせいで不明瞭な視界から、猛スピードで襲《おそ》いくる自動車。

「あ……ッ！」

とっさに足がすくむ。差し迫る恐怖に、俺は抗《あらが》えなかった。

刹那、すみれの脅《おび》える瞳と色を失った顔が目に映る。

それでも、彼女の悲鳴は聞こえなかった。

純白のシーツとタオルケットにくるまれ、眠くもないのに寝かされていた。

白壁の病室には、見知った人物が三人。

「大したことなくてよかったじゃん、蒼」

「そーよ。菫から連絡来たときは、さすがに動揺したわ」

「……大げさなんだ、すみれも、母さんも」

一～二時間ほど前、俺は公園出てすぐの道路で車と接触した。が、触れたのはほんの少し。

思わず倒れてしまったが、痛みなど毛ほどもなかった。

しかし動転したすみれは救急車を呼び、弥生や恵成、果ては母親にまで連絡したのだ。

結果猛烈に気を揉《も》んだ母は、精密検査のために一日入院の手続きまで取りつけてしまった。

ちなみにそんな母は、つい先ほど会社に戻っていった。

「ひとり息子が交通事故にあったって知ったら心配するのはあたりまえでしょ。万が一後遺症がないとも限らないんだから、黙って大人の言うことを聞きなさい」

労《いたわ》りの言葉をくれたのは小花衣先生だ。

すみれは先生にも連絡したらしい。過保護な彼女なだけあって、だれよりも早く来ていた。

「そういえば、スミレはどこ行ったの。さっきまでいたでしょ」

「……先生が飲み物買いに行ってる間に、外の空気吸ってくるように言いました」

こう言うと、のどかだった空気がほんのり重くなる。

「宮崎さん、どうかしたのか……？」

「……責任感じちゃってるみたいでな。なにを言っても『ごめんなさい』としか……」

みんなが来るまで、すみれは俺の傍《そば》にいてくれた。

でも事故前のやりとりのせいか、俺たちに会話はなかった。

その間すみれの表情は、ずっと青いままだった。

「スミレの場合、交通事故にまた巻き込まれたって事実が、大きいのよ」

「……っ」

「それって、子供の頃の……菫が声を失うきっかけになったっていう事故のこと？」

弥生の問いに、俺はなにも言わずうなずいた。

先生は眉根を揉みながら、かすかなため息をつく。

その手が拾い上げたのは、すみれのために買ってきたサンドウィッチ。封は開いているが、リスが一口かじったかのような食べ跡しかない。

——「特に事故直後は酷《ひど》かった。食べ物さえ受けつけず、どこまでも自分を追い詰めてたわ」

かつて事故の話を聞いたとき、先生はこう口にしていた。

重ねるなと言うほうが無理だ。

「そもそもなんでこんなことになったんだ。ふたりとも傘もささずになにしてたんだ？」

恵成がそう尋ねると、弥生や小花衣先生も俺に注目する。

俺は、今日のすみれとの会話を、すべて話すことにした。

説明を終えると、恵成は沈痛《ちんつう》な面持《おもも》ちを見せた。そして弥生は、なにか考え込むように口に手を当てて動かない。と、思いきや、

「あたし、ちょっと菫捜してくるね」

「え、弥生っ……」

俺の言葉も待たず、弥生はさっさと病室を出て行く。

その横顔からは、どの感情が出張っているのか、うかがい知ることはできなかった。

「あいつ……すみれになにか変なことするんじゃ……」

「女同士、サシで話したいことがあるんでしょう」

困惑《こんわく》する俺とは対照的に、先生は淡々《たんたん》としている。弥生の心情さえ理解しているのだろうか。

先生は先ほどの俺の話を聞いても、顔色を変えることはなかった。

まるで、こうなることを予測していたかのように。

「……先生、俺ずっと、気になってたことがあるんですけど……」

先生は俺を見つめると、その内容を促《うなが》すようにうなずく。

「すみれの、弟子入りの話が来たとき……先生は肯定的でしたよね？」

「スミレの意見を尊重したつもりだったけど、私個人としては、そうね」

「俺にはその理由が、単に書の道を極《きわ》めるためだけじゃないように思えたんですけど……」

「というと？」

「……先生は、俺とすみれが離れるべき、と考えていたんじゃないですか……？」

真っ先に反応したのは恵成だ。真意をうかがうように、俺と先生を見比べる。

先生はジッと俺を見定めると、重いため息をついた。

「……なんでその勘《かん》のよさを、スミレに対しても見せられないのよ」

怒《はら》りを孕んだ遠回しの肯定に、恵成は言葉を失っている。

俺は、謝ることしかできなかった。

先生は缶のブラックコーヒーをあおると、再び俺と向き合う。

「今まで言わなかったけど……私はね、あんたにとても感謝しているわ」

「………」

「孤独だったスミレに手を差し伸べてくれて、結果クラスにも馴染んで、休みの日に遊んだりいっしょにお昼ごはんを食べるような友達もできて……間違いなく、あんたのおかげでスミレは変わったわ。河見も言っていたけど、それは私たちにはできなかったことよ」

そう言って先生は微笑む。

しかしすぐに、その顔を暗い色で塗りかえた。

「でもね、同時に気づいてしまったの。あの子は精神的にも大人になっている。ただそれは、あんたなしでは為《な》し得なかった。そしてそれをスミレはあたりまえのように受け入れてしまっている。まるで崇拝《すうはい》するように、あんたに依存《いぞん》しきっているのよ」

そこで俺は、先生の言いたいことがわかった気がした。

すみれは変わった。

もう以前のような、完全に自尊心が欠如した彼女ではない。

問題は、それを正したのが俺ただひとりだということ。

俺自身は彼女を救うため、いろんな人の協力を得た自覚がある。しかし彼女からすれば、俺がひとりで救い出したように見えていただろう。

俺はすみれにとって、ヒーローになりすぎたのだ。

ならば今、ヒーローが彼女のためにどうするべきかは、きっと子供にだってわかる。

「スミレが本当の意味で幸せになるのに必要な最後の行程は、あんたから離れることなのよ」

蚊帳《かや》の外だった恵成も、その言い分には黙ってはいられなかったのだろう。

「そんなッ……それじゃあ蒼は……」

「わかっているわ。私はとても酷いことを言っている。これじゃあ、スミレのために踏み台になれって言っているようなものだからね。でも私は……それが最善としか思えない」

「なんだよそれッ……」

「いいんだ、恵成」

俺はベッドから乗り出し、恵成の肩を掴む。

「なんとなく、わかっていたことだから……」

「じゃあ蒼は、このまま宮崎さんと別れるってのか……？」

「……いや、それはまだわからない……」

そう答えると、恵成は複雑な表情を浮かべ、なにも言わなくなった。


すみれと弥生の帰りが遅いので、俺と恵成はふたりを捜しに行くことにした。

院内を歩くこと十分。意外にも早く見つかった。

「なんか……変な雰囲気だな」

恵成の言う通り、自販機コーナーのベンチにかけるふたりの間には、会話がない。

俺と恵成はなんとなく、ふたりにバレないよう近づく。

すると、弥生が話しだした。

「蒼に、あたしとのほうがお似合い、みたいなこと言ったんだって？」

俺とすみれはほぼ同時に反応した。加えて弥生は、なんでもないように言う。

「いいの？　あいつもらって」

思わず声が出そうになったが、こらえた。

すみれは横顔でもわかるくらい、明らかに狼狽《ろうばい》していた。

「冗談だよ」

直後、俺と恵成はずっこけそうになるが、これも耐えた。なに考えているんだあいつは。

すみれはホッと安堵したのち、弥生に無遠慮な目を向ける。

「あははー、なにその目。不愉快《ふゆかい》だった？　ならお互い様だよ、菫」

「え……」

「あたしと蒼の仲に嫉妬して、あげくあたしと付き合ったほうがいいって？　ふざけないで」

笑顔を浮かべながらも、弥生の目は笑っていない。

「この際だから言っておくとね、あたしは蒼のことが好きだったよ」

俺とすみれはその発言に目を見開く。しかし恵成は、無表情のままだ。

「菫と蒼が仲良くなるずっと前からね。でもぽっと出のあんたにかっさらっていかれちゃった。さすがのあたしもイラっとした。イラっとしすぎて、蒼のほうをいじめちゃった」

すみれと出会いたての頃、弥生に強く叱咤《しった》されたことを思い出した。

あれは、そういうことだったのか。

「でも気づかなかったでしょ、あたしの気持ち。たぶん蒼だって気づいていないよ。がんばって隠してきたからね。でもじゃあ、なんで隠そうとしたんだと思う？」

すみれは答えることもなく、ただ茫然《ぼうぜん》と弥生を見つめる。

「勝てないって思ったの。蒼を見てたら」

隣を見れば、恵成は感情を顔には出していないが、拳を震わせている。

「だいぶ前にね、あんたとの関係をつついて煽《あお》ったことがあったの。そしたらあいつ、ちょー怒ってね。怒ることも満足にできない男だった、あいつが。そのときに察したの、これはもうダメだってね」

すみれの表情は見えない。身体を正面に向けたまま頭を落としてしまっている。

ただその肩が震えているのはわかった。

「だからあたしはあの日、美容院に行ったわ。髪を洗ってもらいながら、泡《あわ》とともに冗長すぎた初恋も流したの。初恋って叶わないもんね。すみれがうらやましいよ」

そこまで言って弥生は立ち上がる。

「一応言っておくと、たとえあんたと蒼が別れても、あたしはあいつを引き取らないからね。洗い流したものはもう返ってこないもん。今頃太平洋にでも浮かんでるのかねえ、私の初恋」

最後に「みんな心配するから早めに戻りな一と言い、弥生は去っていく。

「……今言うことじゃないだろうけどさ……」

恵成がそんな弥生の後ろ姿を見ながら、はっきりと告げる。

「やっぱり俺、弥生のことが好きだわ」

そうして恵成も立ち上がる。弥生の背中を追いかけ、走り去っていった。

残されたのは、俺とすみれ。

その背中だけでわかる。彼女は弱々しく、涙を流していた。

だが俺はそんな恋人に、近づくことさえできない。

なぜなら俺は今、世界中のだれよりも、すみれのそばにいてはいけない人間なのだから。

先ほどの小花衣先生の言葉が、頭をよぎる。

――「スミレの場合、交通事故にまた巻き込まれたって事実が、大きいのよ」

すみれにとって一生癒えることのない、両親を亡くしたという傷。

また、思い出させてしまった。あまつさえまた自分のせいで、などと思っているだろう。

もしもこの事故が原因で後遺症が残っていたら、彼女はきっと責任を感じ、一生支え続ける覚悟で俺に接していたのではないだろうか。

そんなもの、想像するだけで痛々しい。

それに事故前の言い争いだって、なにも解決していない。

すみれの心の奥底に存在する不安を、俺は知ってしまった。

普通の生活を手に入れたのに、俺の存在で、ハンデがあることを自覚させてしまっている。

このままではまた、以前のような彼女に戻ってしまう。

彼女の心は今、様々な絶望にひしめき合い、悪循環《あくじゅんかん》に陥《おちい》っている。

そしてその中心にあるのが、俺なのだ。

俺がなにを言っても、なにをしても、すみれを傷つけることになる。

そしてそんな彼女を楽にさせる方法を、俺にはひとつしか知らなかった。

要するに——これが、もうダメということなんだ。

そう悟るまで、さして時間はかからなかった。


翌日、俺はすみれに別れを告げた。

すみれは目に涙を溜《た》めながらも、小さくうなずく。

ほつれ、ちぎれ、ズタズタになっていた俺たちの関係はそのとき、完全に断ち切られた。

案外たやすく終わるものなんだなと、そんなことを思った。

＊＊＊

小花衣先生から呼び出されたのは、すみれと別れて数日後のことだ。

もうここに入ることもなくなるだろう。そう思いながら、書道室のドアを叩く。

入室すると、まず俺は呆《あき》れた。

「……マジすか？」

なんと小花衣先生は、窓辺で煙草《たばこ》を吸っていたのだ。

「……また教頭になんか言われたんですか？」

「さあね」

真面目に答える気はないようだ。

今日はあまり時間もないので、俺はすぐさま呼び出しの理由を聞いた。

「スミレが香月先生のもとへ行くことを決めたわ」

「……そうですか」

それは、予想できていたことだった。

「直接伝えるべきかどうか、迷っていたわ」

「……いや、このほうがいいです。たぶん」

微笑む先生の口から、白い煙が漏れる。

「先生は大丈夫なんですか、すみれがいなくて」

「それが問題なのよねえ。九月から炊事《すいじ》洗濯掃除採点、ぜんぶやらなきゃいけないのよねえ」

「ちょっと待って。最後なんて言いました？」

答えることはなかった。冗談だよな……まさかそんなことまでやらせていたわけ……。

「あんた、週二くらいでハウスキーピングに来てよ」

「やですよ」

「報酬《ほうしゅう》はチューでいい？」

「なに言ってんすか」

ほんのり煙草のにおいがする唇を寄せてくるも、すぐさま正気に戻ったように目を細める。

「……そういえば、前に聞きましたよね。先生が書道家になるまでの経緯《いきさつ》」

「なに、人が弱っているのにつけこんで、聞きだそうっての？」

「ダメですか？」

「……いーわよ別に。そもそもね、自分史を語りたくない大人なんていないもんよ」

先生は煙草を携帯灰皿にねじりこむと、畳《たたみ》に寝転んだ。

「言葉にすれば簡単なもんよ。学歴至上主義な父のもとに生まれた美少女は、書道に出会ってしまった。すべてをかなぐり捨て、高校中退した彼女は書の道に足を踏み込む。そうして独学でなんかがんばったら認められ、プロになり、ついでに大検とって教師になったってわけ」

「……わお」

あまりに高速で壮絶《そうぜつ》な自分語りに、そんな感想しかでなかった。「なんかがんばった」って、きっとそんな数文字で片付けられるようなものではなかったのだろう。

なんというか、変な大人だ。

「やっぱすごかったんですね……先生」

「どうだろうねえ。少なくとも、もっとすごい人生を歩んできた子がそばにいたから、自分をそんな風に思ったことはないわね」

窓の縁《へり》で羽を休める小鳥を見て、先生は軽く笑みを浮かべた。

「そしてきっとこれからも並大抵《なみたいてい》じゃないのよ、あの子の人生は」

「そんなに大変なんですか、香月先生の弟子って」

「香月の弟子ってのは書道だけじゃない、生活のすべてにおいて教育されるの。尼寺《あまでら》みたいなものね。お気に入りといえど例外はない。お気に入りだからこそ、よりスパルタかも」

「……そうすか」

ふいに小鳥が飛び立った。先生はそれを、やさしい目で追いかける。

「……もう少しだけ、あの子の成長をこの目で見てあげたかったんだけどね」

そしてそう、小さく呟いた。

俺は、すみれとの会話を思い出していた。

『暑いのはわりと大丈夫かも。でも、寒いのはすごく苦手』

そう書いていた彼女は、青森の厳しい寒さに耐えられるだろうか。

思ったところでそれを伝える術《すべ》を、俺はもう失っていた。


小花衣先生との会話を早めに切り上げたのは、予定があったからだ。

見慣れた教室に入ると、四つの机をつきあわせた席のひとつに、みみこ先生が座っていた。

「すみません、やっぱ母、来れないみたいです」

「うん、連絡もらったよ。三者面談はまた今度、お母さんの都合のいい日にね」

「それじゃあ……」

「いやいや待ちんしゃい」

出て行こうとすると、みみこ先生は人懐《ひとなつ》っこい笑顔で止める。

「次の子が来るまでヒマなの。話し相手になってよ」

「はあ……」

みみこ先生の突発的な提案で、二者面談ははじまった。

「どう？　学校は楽しい？」

「なんですか……その親戚《しんせき》のおじさんみたいな質問は」

「失礼なー。だって島崎くん、ずっとサボりと遅刻のダブル役『魔』だったじゃない」

うまいこと言ったった感が顔に出ているので、スルーした。ホントにおじさんかよ。

「まあ、サボってた頃よりは楽しかったと思いますよ」

「……過去形なの？」

「…………」

きっと俺をとどめたのは、これが理由だろう。

この人は本当に、やさしい先生だ。

「宮崎さん、行っちゃうね」

「はい」

「ちゃんとお別れ、できた？」

「……どうでしょう」

あの日以来会っていない。連絡もとっていない。

でもある意味で、完全な決別はできたと言える。

「島崎くんがいて、宮崎さんは幸せだったんじゃないかな。一学期だけだったけど、島崎くんと高千穂《たかちほ》さん、上原くんもそばにいて……楽しそうだったね？」

「そうだといいんですけど……でも、そんな大したことじゃないです」

言いわけをするように、なにかをごまかすように、口は雄弁に語る。

「すみれと仲良くなれたのは、偶然と気まぐれが重なっただけで。付き合ったのも……なんというか、なんとなくそういう雰囲気になって……タイミングがよかっただけです」

声にすればするほど、喉にひっかかるような感覚が襲う。

「今となっては、あのときあった気持ちさえ……」

それは——俺の声を制してでも、伝えたいことだったのだろう。

「ボランティアじゃないよね？」

「……え」

みみこ先生は、いつものほわりとした笑みを絶やさない。

「ボランティアじゃ、なかったんだよね？」

「……なにを……」

「少なくとも高千穂さんや上原くん、クラスのみんなはわかってるよ。私もね」

「……なにっ……なに言ってんすか……みみこ先生」

「うん」

「いや、うんじゃなくて……そんなのっ……だって……」

声が湿《しめ》り気を帯びてゆく。

たぶん俺はその言葉を、ずっとずっと、狂おしいほどに求めていたのだ。

「っ……俺はっ……」

「うん」

「おれ、はっ……ふ……っ！」

「大丈夫だよ。当分は、だれも来ないから」

その声と、雰囲気がどこかあの子に似ているその微笑みに……ついには決壊した。

泣くほどに思い出し、思い出すほどに涙は生成されていく。

はじめて公園で出会った日も、はじめて教室で声をかけた日も、はじめていっしょに出かけた日も、はじめてキスをした日も。

図書館での彼女も、プールでの彼女も、動物園での彼女も、砂浜での彼女も、水族館での彼女も、画材屋での彼女も、霊園での彼女も、俺の部屋での彼女も。

笑った顔も、怒った顔も、泣いた顔も、驚いた顔も、恥ずかしそうな顔も。

彼女の綴《つづ》った俺への言葉も、大切な十文字の声も。

ぜんぶ、ぜんぶ。

すみれとのすべてを、俺は鮮明に覚えている。

この気持ちがなにかなんて、考えるまでもないじゃないか。

どうして気づかなかった。

どうしてもっと早くわかろうとしなかった。

今更知ったところでもう、なにもかも遅いのに。

きっと一生後悔し続ける。とびきり純粋で大切な気持ちに、ようやく思い至った。


途方もなく、彼女のことが好きだった。

＊＊＊

夏休みももうあと一週間を切った。

俺は今、なんの変哲《へんてつ》もない日常に身を沈めている。まるですべてが夢であったかのように。

現在は俺の部屋にて、弥生と恵成とともに宿題のラストスパートに入っていた。

「ねえねえ恵成、ここ教えてー」

「んー？　これさっきと解き方いっしょじゃん。弥生は話聞いてるのかー？」

「ごめーん」

最近気づいたのだが、なにやらふたりの雰囲気が良いようだ。まだ付き合ってはいないのだろうが、もう秒読み段階だろう。

俺とは正反対だ。

「そういや菫が出発するの、今日じゃなかった？」

「ああ、そうだな」

「向こうでもうまくやれると良いけどねえ」

よりによってその話題を広げるとは。俺の姿が見えていないのだろうか。

結局俺は別れを告げたあの日からすみれと会わないまま、今日まで来てしまった。

何度も連絡をしようかと迷った。でもその度に、感情を押しとどめた。

「蒼は行かなくていいの？」

「いいよ。もう終わったことだ」

「後悔してない？」

「してるよ。でもどうにもならないだろ。まさか弥生はまだ、やり直せると思ってるのか？」

「んーや、今は無理だろうねえ。菫のほうがまともじゃなくなっちゃったからね。典型《てんけい》的な、彼がそばにいることで傷ついちゃう女の子だ。今は、修復不可能だね」

「弥生、言いすぎ」

恵成が注意すると、弥生は「へい」と素直に返事をした。

「まあ今の宮崎さんにとって、環境を変えることはいいことだよ、絶対」

俺とすみれが別れることに抵抗を示していた恵成も、今ではこう言っている。

なんだか今、改めて失恋したことを実感してしまった。

「でもまたいつか会えるよ。この前会ったときも、思いのほか元気だったしな」

「えっ……恵成おまえ、すみれに会ったの？」

「あたしも会ったよー。三人でおしゃべりしたの」

「なんだそれ、知らねえぞ」

「あんたと菫は終わった関係だけど、あたしたちは友達なんだから、ちゃんと別れたかったの」

たしかに、正論だ。でもなんだか腑《ふ》に落ちない。

そんな俺の心情は露《つゆ》知らず、弥生と恵成はいつの間にまったく別の話題で盛り上がる。

「そういや恵成、この前やったあのＲＰＧ、続編が出るんだって！　またやろうよ！」

「えー。アレ、途中までは良かったけど、ラストがイマイチだったじゃん」

「だからこそだよ！　イマイチだったラストが、続編では良いスパイスになるかもよ？　なによりまだ先があるってのに、はいここで終わり、バイバーイなんて考えられない！」

「そうかなあ……ちなみにいつ出るんだ？」

「まだわかんない。数カ月後か、数年後かもね。でもあたしは待ち続けるよ。待つのも勇気！　早いうちに予約しないと！」

「…………おまえら、ホントうるさい」

いいかげん我慢できなかったので、そう釘《くぎ》を刺す。

すると弥生がぶーぶー言い出した。

「盛り上がってるのに邪魔すんなよー。てゆーか蒼、いつの間に真面目キャラになったのさ」

「たしかに、変わっちまったな蒼は。おまえは変わっちまったよ」

「…………………」

「ホント！　数カ月前とは別人みたいね！　すっごい変わったわあ、蒼は。変わったのに――まだ、背中押さなきゃダメなの？」

弥生は、そして恵成も、俺を挑発《ちょうはつ》するような瞳を向ける。

それがついに、愚鈍《ぐどん》な俺を突き動かした。

「……………うるせえっ！　いらねえよちくしょうっっ！」

叫び散らし、立ち上がる。するとふたりそろって満面の笑みを浮かべた。

「あら、どこ行くの蒼」

「おまえらのお望みの場所だよ！」

「素直じゃないなあ蒼。おまえが望んだんだろ」

恵成のイラつく言葉を背中に、俺は部屋を出る。

ダイニングを抜けようとした、そのとき。

「あー、待って待って蒼くん、これ持ってって」

キッチンから出てきたのは母さんだ。なにやら俺に弁当袋を手渡す。

「からあげ弁当、持ってってあげてね。ちゃんと料理ができること証明しないと、いつまでもウソつきだと思われちゃうでしょ？」

「…………なんで母さんまで知ってるんだよ」

「弥生ちゃんに教えてもらっちゃったー」

追ってきた弥生がウインクを投げてくる。このふたり、どれほど繋がっているのだろう。

「新幹線ででも食べてちょって言っておいてね。でも元カレの母親のからあげ弁当なんて……ふたつの意味で重そうね――ひゃーっひゃっひゃっひゃ！」

「やだ蒼ママったらお茶目――ひゃーっひゃっひゃっひゃ！」

「まともな女はいないのかっ！」

「あ、あと蒼、俺と弥生、付き合うことになったから」

「それ今――――っっ？」

マンションを出ると、自然と走り出していた。

ひとまず一直線に駅を目指す、その途中。

車道から声が聞こえた。見れば桜色の軽自動車から、小花衣先生が身を乗り出している。

「島崎蒼――――ッ！」

「乗りなさいッ！」

動転したが、思わず従ってしまう。後部座席に乗り込むとすぐさま発車した。

「なんで先生……すみれの見送りは……？」

「見送りはいいって言われちゃったのよ。あのちんちくりんが、生意気にね！」

「そ、それで、なんで今ここに？」

「頼まれたから、あんたを駅まで送り届けろって。すげームカつくけど、最後にスミレと逢わせてやるわよ。友達に感謝しなさい、あの……上、上石神井《かみしやくじい》くん？」

「いいかげん覚えてあげて！　あいつは……あれ？　上、上板橋《かみいたばし》？」

「上原くんでしょ！　島崎くんだけは忘れないであげて！」

そう助手席からツッコミを入れてくるのは、みみこ先生である。

「みみこ先生は、なぜ……？」

「知らないよお、いきなり小花衣先生に拉致《らち》されて、私の車乗っ取られて……」

これ、みみこ先生の車だったのか。

「スピード違反でポリ公に捕まったとき用の、身代わりよ」

「えええっ、そうだったのっ？」

「みみこ先生、完全に舎弟《しゃてい》ですね……」

「いやだそんなの！　というか島崎くんっ、さっきからみみこって呼ぶのやめて！」

「この前はなにも言わなかったじゃないですか」

「それは……だって、ねえ？　あのときは島崎くんがあまりにメソメソと……いったいっ！

ひっぱたいいた！　生徒が先生をひっぱたいいた！　校内暴力！」

「やかましいですよ、キラキラネーム教師」

「だれがキラキラネームですか！」

「えっ、なになにっ、こいつ泣いたのっ？　教えて教えて、そのときの状況詳しく教えて！」

「あんたは運転に集中しろ！」

俺たちを乗せた車は、法定速度ギリギリで東京を走り続ける。

目指すは、上野《うえの》駅だ。

しかしその直前、昭和《しょうわ》通りに入った瞬間に風向きは変わる。

「ぐわああ渋滞！　クソこの能天気どもが！　こっちはお急ぎじゃボケえええッ！」

前方のサーフボードを乗せたＳＵＶに向け、小花衣先生が声を荒らげる。

「小花衣先生……運転すると人が変わるタイプなの……？」

「いや、元々こんな人ですよ」

「もういい、島崎蒼！　ここから走っていきなさい！」

「えええっ、危ないよ、こんな車道の真ん中で！」

「了解です！」

「行くの――――っ？」

みみこ先生の「あああ、危ない危ないーッ！」との声を背に、俺は行き交《か》う車の間を横切る。

無論クラクション祭りみたいになっているが、気にしない。

全速力で歩道を駆け、上野駅構内に入り新幹線乗り場へ向かう。

人ごみを縫《ぬ》うように走り、悲鳴や怒声《どせい》を耳にしながら、それでも彼女だけを思い浮かべる。

こんな悪目立ちするような行為、数カ月前までの俺だったら絶対にしなかった。

カッコつけて、バカみたいに無気力を気取っていた。

けれど懸命に今を生きるあの子に出会ったから、俺の意思は生まれ変わった。

彼女に会いにいけるのだから、晴天は疎《うと》ましくなんかなくなった。

彼女が好きになってくれた俺なのだから、取るに足らない人間なんかじゃないはずと、そう思えるようになったのだ。

この初恋を、思い出になんかしたくない。

だから俺は、その小さな背中を見つけるや否や、声の限り叫んでいた。

「すみれ――――――ッッ！」

新幹線のホーム、ドミノ倒しのように、近くの人から順々にこちらを振り向く。

そして、赤いトランクを引きずっていた彼女が、俺を見つけた。

遠くに見えるすみれの顔が、涙をこらえるように歪む。

駆け寄ると、彼女は複雑な表情をしながらも、絶対に俺から目を離さない。

久しぶりに見た彼女は、どこも変わっていなかった。

「すみれ……俺、すみれと会わない間ずっと考えたんだ」

すみれは、俺の言葉を静かに聞き入る。

「邪魔なことは一切考えないで、ずっと自分の気持ちだけを吸い上げ続けた。そしたら、やっと気づいたんだ」

そのときの俺は、とても不思議な気分だった。

「俺は絶対、すみれのことが好きだよ。この感情はやさしさじゃない、エゴでしかないんだ。ずっと好きだったし、今でも、これからも間違いなくすみれを好きでい続ける」

二度目の告白だが、一度目とちがい緊張なんて少しもない。自然と口元がほころんでいた。

すみれも笑顔を浮かべている。でも、どこか辛そうでもある。

素早く、彼女はスケッチブックに書き出した。

『ありがとう蒼くん。でも私は』

「わかってるよ」

すみれは手を止め、再度俺を見上げる。

「すみれの心は、わかってる」

俺は必死に涙をこらえるも、ごまかせない。彼女も苦しそうな表情で目を潤《うる》ませていく。

「だから、予約しに来たんだ」

この言葉に、すみれは首をかしげた。

「すみれは向こうで、頭にあるごちゃごちゃしたことをゆっくり考えて、じっくり解消して、ゼロになるんだ。もし、そのまっさらなすみれの心に俺がしぶとく残っていたなら、俺のことが好きって想いがあったなら……また、俺のそばにいてほしい」

真面目な場面なのにどうしてか、笑みを抑えられなかった。

「すみれなしじゃ、俺は幸せになれないんだ」

すみれは口を震わせ、ついにはらはらと泣き出す。

よろこびではない、でも悲しみでもない、そんな涙だった。

「だからいつか返事を聞かせて。何年でも待つから。もっといい男になって待ってるから」

彼女の表情は、否定も肯定も示さない。

代わりに、声が聞こえた。

「蒼、くん……わたっ……私は――」

最後の声は涙でぼやけ、中身も不明瞭だった。

「……その続きも、またいつか聞かせてくれ」

そう言って頭を撫でようとするも、かわされる。

すみれは俺に抱きつき、身体を震わせていた。

大きく口を開けながら、止めどなく涙を流し続ける。

それでも服の擦《こす》れる音しかしない、凪《なぎ》のような時間だった。

発車ベルが鳴り響く。どちらからともなく、俺たちは離れた。

すみれは目と頬を赤くしながら、新幹線に乗り込む。母さんからの弁当も渡しておいた。

「じゃあな、すみれ」

すみれはうなずく。

「向こうは寒いだろうから……っ……身体壊すなよ」

噛み締めるように、何度も。

「向こうでも……友達作るんだぞっ……またひとりになんか、なっちゃダメだからな……っ」

そこで、扉が閉まっていく。すると窓越しのすみれは顔を引っ込めた。

声が聞こえなくとも、想いを伝えることはできる。俺も彼女も知っている。

ふたりはずっと、そうしてきたのだから。
『蒼くんに出会えてよかった』
それを掲げるすみれの、最後に見せた表情は、無理矢理で不器用な笑顔だった。
新天地に向かう彼女を乗せ、新幹線は走り去っていく。
見えなくなると、俺は安心して、涙を流すことができた。

こうして、俺とすみれの恋は幕を閉じる。
彼女の最後の声は、しばらくの間、耳について離れなかった。
けれど――声という形のないものを、俺はいつまで覚えていられるのだろう。
ときに甘く、ときに苦い日々も。ときにやわらかく、ときに激しい瞬間も。
まるで夢のような、淡《あわ》い記憶になっていく。
もしかしたら本当に、すべては夢だったのではと思う日が来るのかもしれない。
でも今はただ、春が彼女を連れてきてくれたように。
いつかの春が夢の続きを見せてくれるよう、祈るほかない。
かくして俺は、すみれのいない日常への一歩を、踏み出した。

エピローグ　春を愛する君へ
眠っていたらしい。

木漏《こも》れ日にまぶたを刺激され、目を覚ます。どれくらい寝ていたのだろう。

卒業式というものは想像以上に退屈だったが、みみこ先生による寝るなオーラの甲斐《かい》あり、見事一度も眠らず完遂《かんすい》することができた。

そのせいだろう、見慣れたこの景色の中で、ついうたたねをしてしまった。

とある区立公園内、青い屋根のあずま屋には、今日も今日とて俺ひとり。

すみれが去ってから、二度目の春がやってきた。

彼女は今、どこでなにをしているのだろう。

遠い青森の地で、大好きな春を迎えているのだろうか。

元気でさえいてくれれば、それでいい。最近そう思えるようになった。

ふと、ベンチについた手がなにかに触れる。

『おはよう』

いつの間に置かれていたその紙に、俺はあまり驚かなかった。

その四文字と、背後の気配から、すべてを理解できたから。

案外、近くにいたらしい。

「おはよう」

呟《つぶや》くと、背中からペンの音が聞こえる。懐《なつ》かしい音、懐かしい文字、そして、

『春は好きですか？』

ベンチの隙間《すきま》から届いた、懐かしい言葉。

「うん、好きだよ。一番好きだ」

『秋じゃなくて？』

よく覚えているなと、少し笑ってしまった。

堪《こら》え性《しょう》のない俺は、その答えを口にした直後、振り向く。

「春は、大好きな人を連れてきてくれた季節だから」

ベンチに隠れるようにしゃがんでいたすみれは、ほんのり頬《ほお》を染め、微笑《ほほえ》んでいた。

彼女なりに飛び出すタイミングを決めていたのか、わざとらしく頬を膨《ふく》らませるすみれ。

彼女の変化に、俺はドキリとした。

「すみれ……髪伸ばしたんだな」

腰まで届くその亜麻色《あまいろ》の髪は、すみれをずっと大人びさせている。

その服装は、見慣れないセーラー服だ。

「なんで制服なんだ？」

『授賞式だったから』

「ああ、そうか。小花衣《こはない》先生から聞いたよ。おめでとう」

すみれはくすぐったそうに笑う。

すると彼女は再びスケッチブックに向かう。長い文章のようで、ゆっくりと時間をかけて、声を形にしていく。

『青森での生活をはじめてから、ひとつ決意したんだ』

『これまでの人生のこと、ぜんぶ忘れて、全力で書道に打ち込もうって』

『そしていつか山の頂《いただき》に辿《たど》り着いたとき、本当に大切なものが頭に浮かぶはずだって思って』

すみれは威風堂々《いふうどうどう》と、次のページを掲《かか》げて見せた。

『授賞式の舞台に立ったとき、真っ先に、蒼《あお》くんの顔が浮かんだよ』

その瞬間、心の中心にあった不安が、さらさらとなくなっていくようだった。

彼女はスケッチブックをしまうと、ひとつ大げさに呼吸する。

声にした言葉はきっと、あの日の続きだ。

「蒼くん、大好きだよ」

思わず、抱きしめていた。久しいすみれの温《ぬく》もりが、視界をにじませる。

「俺もっ……ずっと、すみれを忘れた日はなかったよ……」

元気でさえいてくれればいいなんて、そんなのは虚勢《きょせい》だ。

やはり俺は、すみれじゃなければダメなんだ。

そんな気持ちを見透《みす》かすように、俺を包み込む彼女はぽんぽんと頭を撫《な》でる。

俺はもう、涙で言葉が出なかった。

春を愛する君へ、伝えたいことはいくつだってある。

これまでの寂《さび》しさと、再会のよろこびと、これからなにがあっても離れないという誓《ちか》い。

しかし今、想いを声にする術《すべ》はない。

だからふたりはそれを、ひとつのキスで確かめ合うことにした。

春は好きですか？

あとがき

持崎湯葉《もちざきゆば》です。

お久しぶりです。ＤＸ文庫さまからは一年二カ月ぶりの刊行となります。

さて。突然ですが作家における資質の中で、僕にはひとつだけ誇れるものがあります。

いわゆる、キャラが勝手に動く、という感覚です。

これは、はじめて物語を書いたときから身についていました。

これまでの人生のなにがそれを与えてくれたのかはわかりません。でもなぜか勝手に動いてくれるのです。ぴょんぴょんぐわーっと頭の中で跳《は》ね回っているのです。

本作においても、キャラたちが何度も予期せぬ動きをしてくれました。

なのでここでいくつか紹介させてください。

『みみこ先生、成り上がる』

実はみみこ先生、プロット段階では存在していませんでした。登場させた理由も正直、名前だけの出オチキャラとして一瞬の輝きに期待しただけです。それが終わってみれば、けっこう良いポジションに収まっているではありませんか。これはうれしい誤算でした。

『心の中で俳句・短歌・都々逸《どどいつ》を詠《よ》む主人公』

なにが怖いってこれ、最初の短歌を書いた覚えないんですよね。その後ノリで俳句と都々逸も追加しましたが。ちょっとしたホラーです。深夜のテンションで書いただけでしょうけど。ちなみに原稿を担当さんに送ったところ、これらだけ太字になって返ってきました。ホラーです。

『恵成《けいせい》、夢に出る』

起き抜けに「なんでおまえ……？」と呟《つぶや》いてしまいました。こんな動きは期待していない。これが一番びっくりです。いい子ぶってますね。ふてぇやつです。でも裏表紙のあらすじでは『タイトルのときだけ一人称が僕になる主人公』

はちゃんと『俺』って言っちゃってるんですよね。マヌケなやつです。

いくつか勝手に動いたとかそういう問題ではないのもありましたが、いかがだったでしょう。

他にもまだまだあるのですが、それはまた別の機会があれば。

ここらで謝辞《しゃじ》を述べさせてください。まずイラストを担当してくださいましたはねことさま、ステキな絵をありがとうございました。表紙絵から挿絵《さしえ》、もくじ絵に至《いた》るまで最高でした。

編集部ならびに担当編集さまもありがとうございました。引き続きよろしくお願いします。

最後にここまで読んでくださいました読者のみなさま、ありがとうございました。

またいつかお目にかかる日が来たなら、そのときはよろしくお願いいたします。

持崎湯葉

ダッシュエックス文庫

その10文字を、僕は忘れない

持崎湯葉

2016年7月27日　第1刷発行

★定価はカバーに表示してあります

発行者　鈴木晴彦
発行所　株式会社　集英社
〒101−8050　東京都千代田区一ツ橋2−5−10
03(3230)6229(編集)
03(3230)6393(販売/書店専用)　03(3230)6080(読者係)
印刷所　大日本印刷株式会社

造本には十分注意しておりますが、乱丁·落丁(本のページ順序の
間違いや抜け落ち)の場合はお取り替え致します。
購入された書店名を明記して小社読者係宛にお送りください。
送料は小社負担でお取り替え致します。
但し、古書店で購入したものについてはお取り替え出来ません。

ISBN978-4-08-631131-1 C0193